野いちご文庫

真夜中メリーゴーランド

野々原 苺

STARTS
スターツ出版株式会社

夢の中で出会うきみに
いつしか心を奪《うば》われた

「那月《なづき》、どうか捜《さが》さないで」

私を救ってくれたきみのこと
今度は私が見つけてみせるよ

contents

characters

Naduki Miyagawa

宮《みや》川《がわ》 那《な》月《づき》

大学受験を控えた高3。大好きなピアノを親の反対でやめたことにより傷を抱えている。ある日、不思議な夢を見るようになって…？

Haruta Sakuragi

桜《さくら》木《ぎ》 晴《はる》太《た》

那月と杏果と仲良し。不真面目だけど明るく人懐っこい。憎めない愛されキャラ。

Yuga Amaya

雨《あま》夜《や》 夕《ゆう》雅《が》

那月のクラスメイト。大人っぽくクールな印象のためか、意外と女子から人気がある。何か秘密を抱えている…？

Momoka Misuzu

美《み》須《す》々《ず》 杏《もも》果《か》

那月の親友。明るい性格でよく笑う。バイオリンが好きで、勉強と両立してがんばっている。

{ 日曜日 }

夢の中のプロローグ

ゆっくりとまぶたを開けた瞬間《しゅんかん》、あまりのまぶしさに目がくらんだ。両足にぐっと力を入れると、自分がどこかに立っているのがわかる。

それと同時に視界に入ってきたのは、限りなく広がる白い空間だった。右も、左も、上も下も、すべてが白い。ゆっくりと見回してみてもなにもない。体ごと一回転してみたけれど、やはりそこには白い世界が広がっているだけだ。

私以外に誰《だれ》もいない。あるのは果てしない真っ白な空間と、セーラー服を身にまとった自分の姿だけ。

おそるおそる一歩踏《ふ》み出してみたけれど、足音もしなければついてくる影《かげ》もなかった。いったいここはどこなんだろう。なにもない、ということに対する恐怖《きょうふ》は不思議と湧《わ》いてこなかった。ただ、自分以外なにも存在していない世界は、味けなく物足りない。

「あ……」

声が出なかったらどうしよう、と思いながら息を吐《は》くと、吐き出した息は思いのほかすんなりと音に変わった。

いつもの自分の声だ。なにもない空間でも、私自身は動くこともしゃべることもできるらしい。

試しに手のひらを見つめながら指先を動かしてみたけれど、普段《ふだん》と変わらず私の意志に従ってそれは動いた。

「意味わからない……」

誰もいないとわかっていながら、そうつぶやいてゆっくりと視線を上げた。その瞬間、私は自分の目を疑《うたが》った。

なぜならそこに、〝知っている人〟が座り込んでいたからだ。

さっきまで誰もいなかったはずなのに。果てしなく続く真っ白い空間の、ほんの数メートル先。膝《ひざ》を曲げて座り込みながら、コテンと首をかしげている。長い前髪《まえがみ》からのぞく瞳《ひとみ》は、確かに私のことをとらえていた。

――あれは、クラスメイトの雨夜《あまや》だ。

いつの間に現れたのだろう。彼《かれ》はじっとこちらを見つめて動かない。白いワイシャツとグレーのズボン。私の高校の制服だ。雨夜とはほとんど話したことがないけれど、きっと間違《まちが》いないと思う。

「ねえ、ここっていったい……」

じっと見つめられたまま動けないでいた私は、このまま見つめ合っていてもなにも変わらないと思い、そう問いかけてみる。雨夜の瞳が少しだけ揺《ゆ》れたのがわかった。

けれど、いくら待っても返答はない。

おそるおそる、彼のほうへと足を踏み出した。ゆっくり着実に、その距離《きょり》を詰《つ》めてゆく。その間、彼はひと言も発することなく私のほうをじっと見つめていた。

「ねえ、きみは……」

あと数センチ。手を伸《の》ばせば届く距離だった。彼が傾《かたむ》けた顔を上げた瞬間、長い前髪がパラリと落ちる。間近で見る彼の瞳は、まるで星のない夜の暗闇《くらやみ》のようで息をのんだ。

なにもない、真っ白な空間。座り込んでいる彼の瞳は、それとは対照的な色をしている。

自分でもなぜだかわからないけれど、ゆっくりと、彼に手を伸ばす。その瞬間、それを拒《こば》むように――初めて雨夜が、口を開けて声を発した。

{ 月曜日 }

夢現のメランコリー

ハッと目を覚ました瞬間、見えたのはいつもどおり自分の部屋の天井《てんじょう》だった。目だけをキョロキョロと動かして辺りを見回してみるけれど、やはりここは変わらず自分の部屋だ。参考書の積まれた勉強机、淡《あわ》いブルーが気に入って買ったカーテン、クマのぬいぐるみが飾《かざ》られた本棚《ほんだな》。全部、いつもどおりだ。

ゆっくりと体を起こすと、ぐっしょりと汗《あせ》をかいていることがわかった。どうしてだろう、やけに頭が重い。それに、さっきまで見ていた夢の中の話をいやに鮮明《せんめい》に覚えている。手のひらを見つめながら指を動かしてみたけれど、異常はない。「あ……」と試しに声を出してみる。朝起きた直後のわりにはきちんと声が出た。やっぱり、なにもおかしなところはない。

変な夢だった。真っ白な空間に自分だけが存在している夢。影も足音もないけれど、自分の声だけはきちんと聞こえる空間。そこにいたのはたしか——クラスメイトの、雨夜だった。

鮮明に雨夜の顔が思い出されてドキリとする。癖毛《くせげ》の黒髪《くろかみ》、長い前髪からのぞく白い空間とは対照的な色をした瞳、長い手足を折り曲げて座り込んでいた姿。

どうして突然《とつぜん》雨夜が夢に出てきたのだろう。彼とはただのクラスメイトで、ほとんど会話も交わしたことがないのに。

記憶《きおく》が途切《とぎ》れたのは、たしか雨夜が口を開いた瞬間だった。あの時の言葉を、私は聞いたような気もするし、聞いていないような気もする。ただ、はっきりとは思い出せないけれど。

……なんて、たかが夢の中の話。なにをこんなにも気にしているんだろう。記憶が鮮明なのは、きっと浅い眠《ねむ》りだったからだろう。不思議な夢を見た。

ベッドから立ち上がって朝の身支度《みじたく》をすばやくすませる。受験生の朝は想像以上に忙《いそが》しいのだ。


学校に着いた時間はいつもどおりだった。家を出た時刻は普段より数分遅《おそ》かったのに。少しだけ早歩きをしたおかげかもしれない。

教室に入ると、まだ七時三十分だというのに十人以上のクラスメイトが机に向かって勉強に励んでいた。

私が通う学校は、このあたりでは一番の進学校だ。高校三年生の夏休み明けともなれば、学年の雰囲気《ふんいき》は一気に受験モードへと変化している。通常授業では足りないと、受験対策のために追加された一限目が始まる前の早朝課外も、私にとってもみんなにとっても当たり前になってしまった。

勉強に集中しているクラスメイトたちの邪魔《じゃま》にならないよう、静かに自分の席に着く。一番後ろの窓際、日あたりのいい席だ。なにより気に入っているのは、なにをしていても誰にも気づかれない、居心地のよさ。

九月に入っているというのに、まだ残る夏の蒸し暑さを感じて窓を開けると、半袖《はんそで》のセーラー服が軽くなびく。灰色がかったブルーの空。今日はあまり天気がよくないみたいだ。太陽が雲の陰にずっと隠れていて、出てくる気配がない。でも、晴れていない朝の空も嫌《きら》いじゃない。それに今日は、天気のわりに空気が澄《す》んでいて気持ちがいい。

三分ほどそうして窓の外を見つめてから参考書を開くのが最近の日課。朝の空気を吸い込むと、スッとスイッチが切り替わったように勉強モードに入る。今はとにかく勉強するしかない私にとっては、この切り替えの時間がとっても大事なものなのだ。

カバンからペンケースと参考書、ノートを取り出す。さて今日もやるかと腕《うで》を伸ばした瞬間、ふと目に飛び込んできた〝彼〟に一瞬で今日の夢がフラッシュバックする。

その映像はいやに鮮明で、私の心臓《しんぞう》がドクドクと変な音を立て始めた。

整えられていない黒い長髪《ちょうはつ》、太陽の下に出たことがないんじゃないかと思うほど白い肌《はだ》、細くて長い手足、体のわりに大き目のワイシャツ。やっぱり今日の夢は、見間違いなんかじゃなかった。

――雨夜夕雅《ゆうが》。

高校三年になって初めて同じクラスになったけれど、ほとんど話をしたことはないと思う。特別気にしたことがなかったものだから、彼がどんな人物か私もよくわからない。けれど、きれいな顔立ちと長い手足でバランスよく整ったスタイルに加えて、周りの男子たちよりもどこか大人びていてクールなところが、意外と女の子たちの中で人気があるのを知っている。

雨夜から視線をはずして、右手の指先をゆっくりと手のひらに収める。握《にぎ》りしめたこぶしを見て一度息を吐く。少し疲《つか》れているのかもしれない。だって、たかが夢の中の話だ。どうしてほとんど話したことも気にしたこともない雨夜がいきなり夢の中に出てきたのか定かではないけれど、こんなに考えてしまうなんてどうかしている。

自分の考えを一度落ちつかせて、改めて勉強モードに切り替えようともう一度顔を上げる。その瞬間、さっきまで机に向かっていた雨夜と目が合った。

それは一瞬のことで、まばたきもしないうちにその視線はそらされてしまった。雨夜のことを考えていたからか、急に心臓の音が早くなる。

彼は私とは正反対の、廊下《ろうか》側一番前の席。クラスメイトに話しかけられて後ろを向いた彼が、一瞬私のほうを見ていた。気のせいかもしれないけれど、目が合った。席の位置の関係で授業中はほとんど見えないけれど、今私たちの間に人がいないこの状《じょう》況《きょう》でならまじまじと彼のことを見ることができる。そうだ、夢の中でもたしかこのくらいの距離だった気がする。毎日同じ教室で同じ授業を受けているというのに、私は雨夜のことをほとんどなにも知らない。

再び前に向きなおった雨夜の背中《せなか》を見て、私も参考書へと視線を移した。

早朝課外が始まる五分前になると、クラスメイトたちが眠そうな顔してぞろぞろと登校してくる。廊下が騒《さわ》がしくなってきたので、私もシャーペンを机に置いてぐっと腕を伸ばす。

「おはよう、那月」

声をかけられたので振《ふ》り向くと、杏果《ももか》がにこやかに笑って私のほうへと歩いてきていた。

栗《くり》色のお団子ヘアがよく似合うかわいらしい彼女《かのじょ》は、高校で知り合った私の親友だ。

「杏果、おはよ。今日はめずらしく遅かったね」

「うんそう、朝からバイオリン弾《ひ》きたくなっちゃって、気づいたらいつも家を出る時間なんだもん、あせったよー」

高校三年間クラスが同じということもあって、杏果のことはだいたいなんでも知っている。しっかり者の杏果だけれど、たまにこういうふうに抜《ぬ》けているところがある。まあ、そこも彼女の魅力《みりょく》のひとつなんだけれど。

「馬鹿《ばか》だなあ、もう早朝課外始まるよ？」

「でも間に合ってよかった！　晴太《はるた》はまだ来てないみたいだけど」

「あいつは今日も来ないんじゃない？　昨日もサボってたし」

私の前の席を見つめながら「もー」と口を尖《とが》らせて杏果がつぶやく。

サボり癖があって基本不真面目な桜木《さくらぎ》晴太は、今年初めて同じクラスになり、私たちふたりと仲よくなった男の子。群れるのが嫌いでいろんなグループを渡《わた》り歩いているような奴《やつ》なんだけれど、明るい性格と人なつっこい笑顔のおかげかどこか憎《にく》めなくて、誰とでも仲よくなれる愛されキャラだ。

そんな晴太は、クラス替え初日、このクラスでの初めてのお弁当タイムに「購買《こうばい》戦争に負けて昼めしがない」と男女かまわずみんなに食べ物をねだり歩いていた。もちろん私と杏果のところにもやって来たので、私は持っていた焼きそばパンを半分にちぎって差し出した。すると晴太はもともと丸い目をさらに大きく見開きながら目を輝《かがや》かせて「お前っていい奴だな！」とその場で半分の焼きそばパンを食べ始めたのだ。あとから聞いたことだけど、晴太は購買のパンの中で一番焼きそばパンが好きらしい。

そんなこんなで私と杏果のことを相当気に入ったらしく、お弁当はいつも三人で食べている。しっかり者で頼《たよ》りがいのある杏果と、サボり癖のある愛されキャラの晴太、それから……ごく普通の、私。ヘンテコな組み合わせの私たちだけれど、案外しっくりくるものがある。

「まあ、さすがに一限目には来ると思うよ」

私の言葉に「そうだね」と杏果は笑って、自分の席へと戻《もど》っていった。こうして、私の一日が始まっていく。変な夢を見たこと以外、雨夜の存在が気になること以外、いつもどおりだ。

「購買戦争に負けたー」

お昼休み、お弁当を食べる時間。聞き覚えのある台詞を言いながら悔《くや》しそうな顔をしてトボトボと歩いてきた晴太が、迷いなく私と杏果のもとへやって来た。

「今日は優雅《ゆうが》に午後から登校ですか、晴太くん」

杏果がイヤミっぽくそう言うと、晴太はそれを無視してどかっと椅子《いす》に座る。目を引く茶髪《ちゃぱつ》と着くずした制服。風紀検査で何度も引っかかっているみたいだけれど、一向になおす気配はない。おまけに堂々と昼から登校してくる始末だし。けれどこんな奴でもいちおう、丸っとした目が子犬みたいでかわいいと女子の中で人気を博してやまない。ルックスだけじゃなくて誰にでもフレンドリーなところが好感度を上げているんだろう。

杏果も私も、あきれてはいるけれどそんな晴太のことが案外好きだ。それに、真面目な晴太なんて晴太じゃない。

「だってねみーんだもん、しょうがねえじゃん」

「こんな奴が特進なんて信じたくない」

「それより焼きそばパン買えなかったんだけど、俺《おれ》の昼めし……」

杏果の言葉を無視してうなだれる晴太。

私たちのクラスはいちおう学年でも成績のいい人が集められた特進クラスだ。晴太はこんなに不真面目だけれど、なぜか勉強だけはすごくよくできる。そのおかげで特進クラスにいるらしい。

晴太から進路の話を聞いたことはほとんどと言っていいほどない。チラリと聞いたことがあるのは両親とも代々医者の家系で、晴太もその道に進まなくちゃいけないということ。ということはもともとの地頭がすごくいいのか、実は学校じゃないところでものすごく努力してるのかって話だ。だって晴太はこのクラスでもかなり上位に食い込む成績優秀《ゆうしゅう》者だから。

一見すごく明るくてフレンドリーな晴太だけど、意外と自分のことを人に話すのは苦手なのかもしれない。いろんなグループを渡り歩いているような奴だし、誰かひとりと特別仲がいいということもなさそうだ。私と杏果は無理に追及《ついきゅう》したりしないから、晴太にとって居心地がいい存在なんだろう。

「で、なに買ってきたの？」

「……クリームパン」

「え、晴太甘《あま》いの苦手じゃなかったっけ」

「これしかなかったんだよ！」

杏果と晴太の会話を聞いていると、自然と笑えてくる。朝からあまりいい気分じゃなかったけれど、いつもどおりのふたりを見てなんだかホッとした。まあ、いつも騒がしいのは勘弁《かんべん》してほしいけどね。

ふと杏果と晴太から視線をそらす。私たちの斜《なな》め反対側で談笑しながらお弁当を食べる男子グループが目に入った。その中には雨夜の姿もある。

ほかの男子たちがバカ騒ぎをしている中、雨夜はそれを見て静かに笑っているだけ。基本自分から声を出すことはない。そういうところが、ほかの男子よりも大人びていてクールでカッコいい、と言われる要因《よういん》なんだろう。

こうしてまじまじと彼を見ると、確かに女の子たちに騒がれる理由はよくわかる。

今日の夢のこと、頭のどこかでずっとモヤモヤしている。気にしたくないけれど、こうして雨夜のことを気にしてしまう自分がいるし。

「つうか、那月どうした？　今日なんか静かじゃね？」

晴太が突然そう言って私の顔をのぞき込んだので、考えていたことがバレてしまったんじゃないかと思ってドキリとした。

雨夜から視線をはずして、杏果と晴太のほうへと向きなおる。

「そんなことないよ」

「本当かよ？」

「うーん、しいて言うなら変な夢を見たから、かな」

「変な夢？」

「うん、なんか真っ白な空間に、ひとりでぽつんと立ってるの」

杏果が「なにそれ、怖《こわ》い」と身震《みぶる》いしたのと同時に、晴太が「たかが夢だろー」と笑いとばす。そう、たかが夢の話だ。それにもしかしたら、あの時見た人物は雨夜じゃなかったかもしれない。朝より記憶が薄《うす》れているせいか、そんな気もする。

「ストレスじゃねえの、那月ベンキョーばっかしてるイメージだし」

「そうだよ、無理はよくない」

心配そうに言いながら、苦手なクリームパンにかぶりついた晴太が顔をしかめた。わざわざ苦手な甘いパンを買ってくる晴太はちょっと馬鹿だ。

「そんな、私は別に無理はしてないよ」

「そーかあ？　俺からしたら、早朝課外をサボらないこと自体すげえよ」

「本来それが普通でしょ。晴太が例外なんだからね。出席日数足りなくなって留年すればいいのに」

「うっわ、杏果ひでえな！　お前だって楽器ばっか弾いてるじゃねーか。次のテスト大丈夫《だいじょうぶ》なのかよ」

「私は晴太と違ってちゃんと早朝課外も参加してるし、遅刻《ちこく》もしませんよーだ」

ふたりのやり取りに笑みを浮《う》かべるけれど、うまく笑えない自分がいる。

勉強もバイオリンも両立させてがんばっている杏果と、学校に来なくても成績のいい晴太とは、私は違うから。

「那月はちゃんと勉強一本に絞《しぼ》ってるから偉《えら》いよね。受験生の鏡だよ。晴太も見ならったら？」

「杏果だけには言われたくねぇ」

勉強一本に絞ってる、か。杏果の言葉が重みを増して私の中にずっしりととどまる。

「……まあでも、本当になんかあったんならちゃんと相談しろよな」

「うん、ありがと」

晴太の言葉にうなずく。誰もなにも悪くない、けれど私の胸の中に残る黒い気持ち。

私にしかわからないであろう、モヤモヤとした物体。よくわからないなにかに、押《お》しつぶされそうだ。

学校から家までの徒歩十五分の間、何度ため息をついたのかわからない。六限目まできっちり授業を受けて、そのあと業後課外に出て、太陽が沈《しず》む寸前に学校を出る。

毎日そんな生活。

特にいやなことがあるわけじゃない。受験生らしく勉強をして、時には杏果と晴太と談笑して、家に帰って予習復習をして……。そんな、代わり映えのしない毎日。

けれどあの日から、私の毎日はとても味気ない。

家に帰ると、一目散に自分の部屋に逃《に》げ込んだ。お兄ちゃんはまだ帰ってきていないみたいだけれど、お母さんがリビングにいるのが見えたから。

お母さんがリビングにいる時は、たいてい私はそれを見ないようにして自分の部屋へと向かう。ここ一年くらい、ずっとそうだ。お父さんはいつも仕事で帰ってくるのが遅い。お兄ちゃんも大学生になってからほとんど夕食時に顔を見せなくなった。

お母さんとふたりになるのは、少し気まずい。

制服のまま、どさっとベッドに横たわる。仰向《あおむ》けになりながら目を閉じた瞬間、どっと疲れがあふれてきて眠ってしまいそうになったものだから、あわてて目を見開いた。まだ今日は勉強しなくちゃいけないことがある。寝《ね》ると一日が終わってしまう気がしてとても怖いのだ。

『ストレスじゃねえの、那月ベンキョーばっかしてるイメージだし』と言った晴太の声がよみがえる。そのとたん、胸の奥《おく》がぎゅっと締《し》まって苦しくなった。

勉強に本腰《ほんごし》を入れ始めたのは高校二年生の夏だった。周りよりも少し早く始めなさい、という親からの助言。大学受験に失敗したお兄ちゃん。そして、あの日のこと。思い出すと今でも胸が苦しくなる。本当はあの頃のことを思い出すのも億劫《おっくう》で、最近は考えないようにしていたのに。

一年前、県内で偏差値上位の大学を志望校に決めた。もともとまん中くらいだった成績は徐々《じょじょ》に上がっていって、三年生に進級する頃《ころ》には今の特進クラスへ難なく入れるまでに達していた。今、杏果や晴太と同じクラスにいられるのもあの時の選択《せんたく》のおかげだと思う。私が受験のために勉強に一直線になったこと、誰から見ても間違ったことなんかじゃなかった。

勉強して、いい大学に入って、いい会社に就職する。そこに敷《し》かれたレールは誰から見ても絶対に幸福になれるコースをたどる。そこからはずれないように、ずれないように、できるだけの努力はしてきたつもりだ。もちろんそれは、いくら特進クラスといえど周りのクラスメイトに負けるようなものじゃない。

それなのに、杏果の『勉強一本に絞ってるから偉い』という言葉に黒い気持ちが沸々《ふつふつ》と湧いてきてしまう。寝ころびながら両手を天井に向けて高く上げ、指先を動かしてみる。その時間、頭の中で聞き覚えのあるメロディが鳴り始めてとっさに手を下ろした。私、まだあきらめきれていないんだろうか。あの日、夢なんてきれいさっぱり捨てたはずなのに。自分が情けなくて馬鹿みたいだ。

それに、杏果と晴太だって、私をいやな気持ちにさせたくてあんなことを言ったわけじゃない。それなのに、お昼に晴太と杏果に言われた言葉たちがなぜだかずっと私の中に残っている。まるで私には『勉強しかない』と言われているみたいで。……間違ってはないけれど。こんな私と仲よくしてくれているふたりに対してこんなことを思ってしまう自分がいやだ。

モヤモヤした気分をどうにか落ちつかせたくて、顔でも洗って気分を変えようと思い立つ。立ち上がって一回大きく深呼吸をしてから自分の部屋を出た。

階段をおりて一番奥が洗面所だ。途中、リビング横のガラス扉《とびら》の前でなんとなく足を止めた。最近はこんなことも減っていたのに。

この家を建てる時、私のわがままでつくってもらった小さな部屋だ。アップライトピアノがギリギリ入る程度の大きさで、扉を開けた真正面にはピアノと楽譜《がくふ》を入れる小さな棚だけ。それ以外はなにもない防音室。当時小学二年生だった私にとってはとても広く感じられたけれど、今の私にはかなり狭《せま》く感じる。もうずっと、ここに足を踏み入れてはないけれど。

無意識に動きだした右手の指先に気づいてとっさに左手で押さえる。ガラスの奥にぼんやりと映ったピアノの影を見ないように、足早にそこを通り過ぎた。やっぱり立ち止まるんじゃなかったとまたモヤモヤが湧いてくる。ピアノを見ると、余計なことばかり思い出してしまうから。

洗面所に着き、水でパシャパシャと軽く顔を洗ってから鏡を見ると、そこに映った自分と目が合った。ストレートのセミロング。前髪だけ毎朝少し巻いているけれど、なにもしなくても大して変わらない。どこにでもいるような、普通の女の子。

いつもより顔色がよくない気がする。やっぱり少し疲れているのかもしれない。

自分の目の色が夢の中で見た雨夜の瞳の色とよく似ている気がして、なにを考えているのだろうかとまた頭が痛くなった。

「那月」

ふと後ろから声がして視線を上げると、鏡越《かがみご》しにお兄ちゃんと目が合った。

「もう帰ってきたの？　めずらしい」

「ああ、ちょうど今な。母さんがご飯だって呼んでる」

そう言って背を向けたお兄ちゃんについていく。リビングは洗面所を出てピアノの部屋をこえた玄関《げんかん》横にある。

二個年上のお兄ちゃんは、去年の春大学生になった。中・高とずっと野球をやっていて、部活が終わるといつもまっすぐ家に帰ってきていたお兄ちゃんだけれど、大学に入ってからはバイトとサークルで忙しく、夕飯時に家にいるのはめずらしい。ずっと坊主《ぼうず》頭だったのに、髪を伸ばしてパーマをかけて、片耳にはピアスホールがあいている。

そんなお兄ちゃんを見ると、私も現実を思い知らされてしまうのだ。夢を追い求めることが、どれだけ馬鹿げたことかって。

「いただきます」

私とお兄ちゃんは横並び、その真正面にお母さんが座る。私は、お母さんとふたりで夕飯を食べるより、お兄ちゃんと三人のほうがずっといい。でも、お母さんはお兄ちゃんの顔を見ようとはしない。いつも決まって、「その髪、どうにかしたら」とため息をつく。

お兄ちゃんはそれに返事をしない。というか、お母さんとお兄ちゃんはほとんど会話をしない。お兄ちゃんが志望大学の受験に失敗してから、ずっとこうだ。

黙《だま》ってご飯を食べるお兄ちゃんと、ため息をつくお母さんと、息を殺す私。大好きだったハンバーグも、味がしない。

しばらくしてお兄ちゃんが「ごちそうさま」と席を立つ。私もあわててご飯をかき込むけれど、お兄ちゃんはそんなことを気にする様子もなくリビングから出ていってしまう。この、お母さんとふたりっきりになる時間が、私は一番いやなのに。

「本当に態度が悪いわね」

お兄ちゃんがいなくなってから発するお母さんの言葉に私はうなずくことも、否定することもしない。

「ただでさえあんな大学に通ってるっていうのに、どうしてあんな頭の悪そうな格好しかできないのかしら」

お母さんのため息を、私は受け止めきれない。

やがて席を立って食器を洗い始めるお母さんの姿を見ながら思う。きっと、お母さんは私に言い聞かせているんだろう、と。

ああならないように勉強しなさい、って。好きなことをやり続けた結果があれよ、って。大好きな野球を最後までやめなかったお兄ちゃんへのあてつけみたいに。

＊＊＊

ぼんやりとした意識がだんだんとはっきりしてくる。にじんだ視界の中で、真っ白なその世界に誰かが佇《たたず》んでいるのを確認してハッと目を開いた。

ここはどこだろう、と考える暇《ひま》もなかった。見覚えがあるのだ。なにもない、果てしなく続く真っ白な空間。昨日と同じだとすぐに気がついた。違うのは、すでに目の前に雨夜がいるということ。

また雨夜が出てくる夢を見るとは思わなかった。頭の中で「これは夢なんだ」と認識している不思議な感覚。

昨日は座り込んでいた雨夜が、今日はひとりでポツンと立っている。教室での距離と同じくらい。数メートル先で、なにも言わずにじっと私を見つめている。

もしかしたら、私の記憶違いなんじゃないかと思っていた。だって、ほとんどしゃべったこともないはずのクラスメイトが夢に出てくることなんてそうそうない。

けれどやっぱり、昨日ここに現れたのも、今目の前にいるのも雨夜だ。私は今日一日、雨夜のことを目で追っていたからわかる。

「……雨夜、だよね」

例えるなら、星のない夜の暗闇。そんな色をした雨夜の瞳が動いたのを私は見逃《のが》さなかった。昨日は会話をしなかったけれど、やっぱり彼はクラスメイトの雨夜なんだ。

なにもない空間で、私の声はきちんと響《ひび》いた。雨夜はなにも返さないで、私のことをじっと見つめている。

「またここで会うなんて思わなかったよ」

私のつぶやきに、雨夜はやはりなにも言わない。

学校では、男子たちが談笑する輪の中にいつもいるけれど、自分から積極的に話をするタイプではないと思う。

雨夜も私と同じように夢の中でしゃべれるのだろうか。それに、これが昨日の夢の続きなら、雨夜だって私に会ったことを覚えているはずなのに、どうしてなにも言ってくれないのだろう。

「ねえ、なにかしゃべってよ、雨夜」

昨日と同じようにゆっくりと雨夜に近づく。動じない雨夜はただぼんやりと私のことを見つめているだけ。

今朝、学校で雨夜と一瞬目が合ったことを思い出す。現実と夢は違うってわかっているはずだけれど、胸の奥がドクドクと鳴り始める。変な夢。気にしすぎて昨日と同じような夢を見てしまったのかもしれない。

「……宮川《みやがわ》那月」

あと数歩で彼に手が届くという距離になったところだった。ずっとこちらを見ているだけだった雨夜が突然声を出したものだから、びっくりして思わず固まってしまう。

ミヤガワナヅキ。私の名前だ。

「……私の名前、知ってたんだ」

「まあ、同じクラスだしな」

表情を変えずに雨夜がそう答えた。確かに、同じクラスなんだし名前くらい知っているだろう。でも、こうして面と向かってしゃべるのはほとんど初めてだ。席も近くなったことはない。

基本無口な雨夜は、こんなふうに人と会話をするのか。低くも高くもない、ちょうどいい高さの声だ。

「雨夜ってそんなふうにしゃべるんだ」

「なんだそれ、馬鹿にしてんのか」

クスリとも笑わない雨夜の表情からは、なにを考えているのか読み取るのは難しい。今日一日雨夜のことを気にしていたけれど、私が見ていた限りでは雨夜は誰かの言葉に受け答えをする程度でしか声を出していなかったと思う。授業中にあてられることもなかった。

「だって、いつも自分からしゃべるようなタイプじゃないでしょ？」

「しゃべる必要がないからな」

「私気づいたんだけど、雨夜って授業中にあてられることもないよね」

「学年一位を取り続ける代わりに、あてないでくれって言ってあるんだよ」

「え、雨夜って学年一位だったの？」

突然黙り込んだ雨夜が、ふと私から視線をはずしてくるりと後ろを向いた。長い襟《えり》足を見つめながら、歩きだす雨夜についていく。三歩分の距離を取りながら。

雨夜と話すこと自体、本当はけっこうすごいことなのだ。これが現実だったら、女の子たちに「どうやって仲よくなったの⁉」と詰められてしまうだろう。クールでほとんど自分から話しかけない雨夜は、男子はともかく女子となんてまったく話さないのだ。そういうところがクールでミステリアスに見えて、女子の人気を集めているんだろうと思う。

「……ここにはなにもないな」

突然話を変える雨夜の後ろ姿を見ながら、学校で見た雨夜の姿と変わらないなあと思う。身長は平均より少し高いくらいだけれど、顔が小さくて細くて手足が長いから、スタイルはとてもよく見える。

「夢の中だもん、当たり前だよ」

「……夢の中なのか、ここは」

斜め前を歩く雨夜が少し顎《あご》を上げて周りを見渡す。どこまで行っても白い空間が続くだけ。影も光もなにもない。歩く音もしない。そこで聞こえているのは、私たちの呼吸音と声だけだ。

「そっか、私の夢の中だもん、雨夜にはわからないよね」

「那月の夢の中？」

「そうだよ、ここは、私の夢の中だと思う」

「……どうして俺が那月の夢の中に？」

「それは……私にもわからないよ」

あまりにも自然に私の名前を呼ぶものだから、少し戸惑《とまど》ってしまう。距離感って難しいものだ。晴太に「那月」と呼ばれたってなにも感じないけれど、雨夜に名前を呼ばれるのは少しむずがゆい。

雨夜はもっと無口で、私なんかと話すような人ではないと思っていた。夢の中だからなのだろうけれど、少しだけうれしく思えてしまう。雨夜が、私の名前をちゃんと知っていたこと。私の名前を、ためらいもなく呼ぶこと。

「ここが本当に夢の中なら、俺は那月の夢の中の住人ってことか」

「夢の中の住人って、おもしろいこと言うね」

私の言葉に、雨夜はやはりクスリとも笑わない。そういえば、これは今日一日雨夜を見ていて思ったことだけれど、雨夜って笑う時、目が笑っていない。

同じ空間でみんなが笑っている時、〝合わせているだけ〟みたいな表情をする。周りはきっと気づいていないんだろうけれど。

「ここが夢の中だとわかっている那月も那月だけどな」

「だって、こんなに真っ白な空間、夢でしかあり得ないよ。それに、雨夜と私が関わることなんてないし」

我ながら、かわいくない言い方をしてしまったと思う。でも、私の夢の中に雨夜が出てきたということは、今日一日雨夜のことを気にしていたことがバレてしまいそうだったから。

こうして雨夜が夢に出てきて、会話を交わしているということはすごく不思議なことだ。昨日、たまたま出てきてしまった雨夜のことを私が気にしすぎて、同じような夢を見てしまっているとしか思えない。

「どうせなら、もっと楽しい夢が見たいのにな」

「楽しい夢、ね」

「雨夜だって、こんな真っ白な空間より、もっと楽しいところに行きたいと思わない？」

どうせ夢の中だ、それに雨夜が出てくるのなんてきっと今夜限りだろう。どうせなら好きな場所に行ってみたかった。

「なあ、それなら」

突然立ち止まって、雨夜がくるりと体の向きを変え、こちらを向いた。長い前髪からのぞく色白な肌。整えてはいないけれどきれいな黒髪。切れ長の目と高い鼻。横顔が映えるスッとしたきれいな骨格。まじまじと見ると、やっぱり彼はかなり整った顔立ちをしている。女子の間で人気があるのにも納得がいく。

「本当にここが那月の夢の中なら、明日から見る景色を変えられるんじゃないか？」

「え、なにそれ、どういう意味？」

あまりに唐突《とうとつ》に言うものだから、雨夜の言葉を理解するのは難しかった。私が困ったように眉《まゆ》を下げると、雨夜はいやな顔をせずもう一度話しだす。

「ここが本当に那月の夢の中なら、この世界の支配者は那月ってことだろ。つまり、現実世界で夜寝る前に、那月が行きたいところを想像するんだ。そしたら、こんな真っ白な世界じゃなくなるかもしれないだろ」

「支配者って……」

いきなり意味のわからないことを言いだす雨夜に困惑《こんわく》した表情を見せると、「夢の中でくらい、好きなところに行きたいんだろ」と意外にも私が思っていたことと同じ返事が返ってきた。

「雨夜って変わってる。第一、明日も私の夢に雨夜が出てくるとは限らないし、見たいと思った夢を見たことなんて今まで一度もないのに」

「そんなの俺だってそうだ。けど、やってみたって損はないだろ。それに――」

そこで言葉を詰まらせた雨夜に、私は不思議そうに「それに？」と聞き返した。

「……俺は、明日も那月に会えると思う」

いやに真剣《しんけん》な声だった。まっすぐに私に向けられた視線から目をそらすことができず、私の名前をなんのためらいもなく呼ぶ雨夜に心臓が跳《は》ねる。

『明日も会えると思う』だなんて、夢の中なのにどうかしている。雨夜はなにげなく言っているのかもしれない。けれど私は胸の奥がぎゅっとつかまれたみたいだ。私の夢の中だからこそそんなことを言うのかもしれない。なんだか雨夜のことがよくわからなくなってきた。

「……変なの、仲よくもない私と会話したってなにもおもしろくないに決まってるのに」

「まあな」

「少しは否定してくれてもいいのになあ」

「自分で言ったんだろ、もっと楽しい夢が見たいって」

それはそうなんだけれど、そこに雨夜がいるかどうかはまた別の話だ。

「じゃあ明日は……コンサートに行きたいって願いながら寝るよ」

「コンサート？」

「ピアノの、リサイタル」

本来なら、現実世界なら、こんなことは絶対に言わなかっただろう。でも、ここが夢の中だってわかっているから、素直な気持ちを口にした。

今日、久しぶりに家のピアノを見てしまった時から。疼《うず》く指先を必死に押さえていた。完全にあきらめきれていない自分にいやけがさして、杏果や晴太のなにげないひと言に敏感《びんかん》になって。

……でも、夢の中でなら。夢の中でくらい、触《ふ》れてもいいかなって。こういう考えが甘いのかもしれない。けれど誰も見ていない、現実世界で関わりのない雨夜になら、本音を言ってもいいんじゃないかって、そう思ってしまったんだ。

「へえ……ピアノ好きなんだ」

雨夜の瞳が少しだけ揺れた。

ピアノが好きかと聞かれたら。うなずくほかはないと思う。けれど、好きとか嫌いとか、そんな単純な言葉では言い表せられない気持ちもある。……雨夜には関係のない話だけれど。

もうずっと聴《き》いていないピアノの音。触れていない鍵盤《けんばん》。こんなことを言えるのは、夢の中だけだから。自分の両手の指先を見て、急に胸が苦しくなってくる。

「でも、明日も会えるだなんていう保証どこにもないから」

「わかってるよ、試しに言ってみただけだ」

「私も、リサイタルに行きたいなんて、試しに言ってみただけだよ」

ふ、と私が笑うと、そこで初めて雨夜の口角が少しだけ上がった。その表情にまたドキリと心臓が跳ねる。

「まあ、俺が会いたいだけかもしれないけど」

なんだそれ、意味がわからない。

思わず目を丸くして雨夜を見る。でも彼はなんでもないみたいな顔をして私を見ていた。雨夜の考えていることは、私にはさっぱり理解できない。けれど心のどこかで、雨夜が本当にそう思ってくれているんじゃないかって、明日も会えるんじゃないかって、期待してしまっている自分がいる。こんなの、夢の中の話なのに。

「――そろそろ、夜が明ける」

雨夜のその言葉に顔を上げる。次の瞬間、突然ひどい眠けに襲《おそ》われて私は意識を失った。

｛火曜日｝

憂鬱クレッシェンド

ハッと目を覚ますと、勉強机にうつ伏《ぶ》せになっていることに気づいてあわてて顔を上げた。スマホの時計を確認すると、普段起きる時間より一時間も早い。肩《かた》と腕、それから首の痛さを感じながら、昨日は勉強をしながら寝てしまったことを思い出した。

「最悪……」

まだぼんやりとしている頭の中で、昨日と同じように夢の中の出来事が鮮明に記憶に残っている。

また、雨夜だった。

机で寝てしまったせいか、昨日よりも頭が重い。どうして雨夜が夢に出てくるのだろう。ほとんど話したことなんてないのに。記憶に残る雨夜の声や仕草はやけに鮮明で気持ちが悪い。

それに、明日も会える、だとかなんだとか言って、私を惑わせて。……本当にそうなったらどうしようか。

最後に雨夜が私に向かって一瞬だけ口角を上げたことを思い出して、鼓動《こどう》が早くなったのを感じた。たかが夢の中の話なのに、少しだけ舞《ま》い上がっている。私ってなんて単純な奴なんだろう。

お風呂に行っていないことに気がついて立ち上がる。まだ完全に開いていないまぶたをどうにかこじ開けると、気に入って買ったブルーのカーテンから弱い光がもれているのに気がついた。ゆっくりとそこへ近づいて、右手でサッとカーテンを開ける。

『そろそろ、夜が明ける』――そう言った雨夜の声が、聞こえた気がした。

学校での雨夜はいつもどおりだった。

気にしないようにはしているつもりなんだけれど、自分の意志とは反対に、朝からずっと雨夜のことを目で追いかけてしまっている。

早朝課外の時も、HRでも、授業中も、授業と授業の間の十分休憩《きゅうけい》の時も。気にしないように、と思っている時点でもうすでに気にしてしまっているんだろう。斜め反対側の席だから、ほかのクラスメイトが邪魔してはっきり見えるわけじゃないんだけれど。

夢の中で見た雨夜は私の幻想《げんそう》なんだから当たり前だけれど、現実の雨夜からは、やっぱりいつもどおり無口でクールな印象しか受けない。男子の輪の中にはいるけれど、相槌《あいづち》を打って周りに合わせているだけのような気もする。もちろん、女子とはほとんど口をきかない。

「那月」

ハッと顔を上げると、晴太が私の顔をのぞき込んでいた。

「わ、晴太か、びっくりした」

晴太は私の前の席だから、近寄ってくる気配がなくて驚《おどろ》いた。私がぼーっとしていたせいもあるんだけれど。

「なあ見て、消しゴム削《けず》ってパンダ作ったらわりとうまくできたんだけど」

「パンダって……」

くだらなさすぎる話に思わずため息が出る。また授業を聞かないでそんなことをしていたのか。晴太って本当に変わり者だと思う。

「いや、これすげえ難しいんだからな？　那月も作ってみろって」

「そんなことしてる暇はありませんー」

「こんなの息抜きだろ？　一回くらい授業聞かなくたって大丈夫だって」

「一回くらいじゃなくて、晴太はいつも授業聞いてないでしょ」

「バレたか」

舌を出して悪戯《いたずら》っぽく笑う晴太に、私も笑って返す。こんな調子なのに、テストの順位だけはすごくいいんだから晴太ってずるい奴だ。いったいどこで勉強しているんだろう、やっぱり家ではすごく真面目なんだろうか。

「そういえば、こないだテレビで見たんだけどさー」

晴太の話が違うものに移り変わる。私は適当に相槌を打ちながら、ふと斜め前を見た。すると、さっきまで男子たちの輪の中で談笑していた雨夜と——目が合った。

私が雨夜のほうを向いた瞬間、ふいっとその視線は一瞬にしてそらされた。まるで、さっきまで私のことを見ていたみたいな仕草に心臓がドクンと跳ねる。

びっくりした。だって、雨夜が私のほうを見ているなんて思いもしなかったから。もしかしたら私の気のせいかもしれない。それか、きっとたまたまだ。たまたま、窓の外を見ていて、窓際の席の私が目に入ってしまっただけだ。そうに決まってる。

けれど、昨日の朝も、今みたいに目が合ったんじゃなかったっけ？

夢と現実を同じに考えてしまうほうがどうかしている。そんなことはわかりきっているんだけれど、心臓がバクバクしてうるさい。目が合っただけなのに、どうしてこんなにも気になってしまうんだろう、やっぱりあの夢のせいだ。

「おい那月、聞いてるか？」

晴太の声にハッとして顔を上げる。「ごめんごめん」と謝ると、晴太は「ぼーっとしてんなよ」と不機嫌《ふきげん》そうに顔をしかめた。

もう一度雨夜のほうを見たけれど、もう授業が始まるからか自分の席に着いていて、後ろ姿しか見えなかった。やっぱりさっき目が合ったのは、私の思い過ごしかもしれない。

「ねえ、なんか那月昨日から変じゃない？」

突然の問いかけに、私は持っていた箸《はし》を危《あや》うく落とすところだった。

お昼休み、教室の窓際一番後ろ。今日も三つ机をくっつけて、私と杏果と晴太、三人でお弁当を食べている。

「変って？」

「いや、変っていうか、集中しきれてないというか」

杏果は高校一年の時からずっと同じクラスで一番仲のいい友達だ。私のことをかなりよく知っている人物に間違いはないのだけれど、二日連続でこんなことを言われるとは思ってもみなかった。

「あー確かにな。那月、勉強できるとこしか取《と》り柄《え》ねえのに、今日はすげえぼーっとしてる。さっきだって、俺がせっかくおもしろい話してるのに聞いてないしなー」

ケラケラと笑う晴太を睨《にら》みながら、昨日から今日にかけてのことを思い出す。

「集中か……確かにそうかも」

「なにかあったの？　昨日もめずらしく問題答えられてなかったし」

杏果が心配そうに私の顔をのぞき込むから、晴太もつられて心配そうな顔をする。

問題に答えられなかったのは確かだけれど、こんなふうに思われているとは思わなかった。杏果は案外私のことを見てくれているのかもしれない。

「いや、別になにもないよ？　勉強不足であせってるのかも」

ははは、と軽く笑ってみせると、杏果が少しだけホッとしたように顔を綻《ほころ》ばせる。

「那月っていつも感情を表に出さないけどさ、たまには言ってよね。私と那月の仲でしょ？」

感情を表に出さない、か。よく言われる言葉だ。

お団子に縛《しば》った栗色の髪の毛と、くりっとした丸っこい目。杏果は華奢《きゃしゃ》な体のわりにやることはとても活発で、なにより笑顔がかわいらしいと男女どもも人気があるのを知っている。

確かに、杏果はかわいい。そして、こんな私にもとても優しくしてくれる、絵に描《か》いたような「いい子」だ。

高校一年の春、たまたま同じクラスになってたまたま席が前後になった。たったそれだけだったのに、高校三年のこの時期には一番仲がいい友達になっているんだから、どこでどんな出会いがあるのかなんてわからないものだ。

「うーん、ちょっと気になってることならあるけど」

「気になってること？」

雨夜が出てくる夢の中の話をしようか迷ったけれど、考えてみればたった二日の間に起こった話だ。私が気にしすぎているだけかもしれない。夢について考えることをやめれば、もうさすがに雨夜が出てくる夢を見ることはないだろう。

それに、昨日変な夢を見たと言ってもふたりの反応《はんのう》は薄く微妙《びみょう》だった気がする。変な相談をして気を使わせても申し訳ない。冷静に考えてみれば、ふたりにとって私が見た夢の話なんて本当にどうでもいいものだろう。杏果も晴太も、難関大学をねらっている受験生なのだし。


「いや……ああ、そうだ、うちの学年一位ってさ、誰なのかな」

「え？　なにそれ、それが気になってること？」

「なんだよ那月、ついに学年一位でもねらおうってか？」

「そういうわけじゃないけど、今回の中間がんばろうかなって思ってるから、知りたくて」


我ながら苦しい言い訳だったと思う。けれど杏果は意外とすんなりと「そっか」と納得してくれた。

晴太は馬鹿にしたように「無理だろ、やめとけ」なんて口を挟《はさ》んでくる。本当にデリカシーの欠片《かけら》もない奴だ。


それにしても、うちの高校が順位を公表しない方針の学校でよかったと心から思う。

「んー、たしか山下《やました》さんじゃない？　いつも数学満点らしいよ」

「数学満点って、勝ち目ないね」

「マジでやべえな、俺には到底《とうてい》無理」

「ね。文系教科は苦手だって言ってたけど、それも本当かどうか」

「そっか、山下さんか」

山下さん、と聞いてホッとする自分がいた。馬鹿らしいけれど、あの夢で雨夜が言っていたことが本当だったらどうしようかと内心ヒヤヒヤしていたのだ。

学年一位は雨夜じゃない。だから、夢の中のことは私の妄想《もうそう》だ。

――やっぱりあれは夢でしかないんだ。

そう思うとなぜだか安心した。現実世界の雨夜と、私が夢で見た雨夜は違う。あれはきっと私の幻想だ。そうだ、よく考えればわかることだった。

夢の中で雨夜はよくしゃべっていたけれど、現実での雨夜は女子となんてほとんどしゃべらないし、男子とだって輪の中にまざっているだけで自分から会話をするようなタイプじゃない。それが答えだ。それに、夢の中で雨夜は学年一位と言ったけれど、人脈の広い杏果が学年一位はほかの人だと言った。きっとそれは間違いないだろう。たかが夢の中の話をこんなに引きずっている私は、やっぱりどうかしていたのかもしれない。最近疲れていたせいもあるだろう。今日は早めに布団に入ろうと決めた。

「ねえ、那月は第一志望N大で変わってないよね？」

「うん、ずっとそうだよ」

突然の問いかけにはっとして杏果に返事した。晴太は満足そうに焼きそばパンを食べ終えて、次のカレーパンへと手を伸ばしている。今日は購買戦争に勝ったらしい。

私の第一志望はずっと変わっていない。県内でも偏差値上位の有名大学だ。そこに行くために、去年の夏のE判定から、必死に勉強してC判定まで成績を上げた。そして杏果も、ずっと同じN大を目指して一緒《いっしょ》に勉強に励んできたのだ。

「あのね、那月には言いにくいんだけど……私、志望校S大に変えたの」

「えっ？」

びっくりして思わず声が裏返ってしまった。

だって、どうしていきなり。杏果の成績なら、S大まで落とさなくても十分N大をねらえるはずだし、それになによりも、二年生の時からずっと、一緒にN大を目指してきたじゃないか。それなのに、突然どうして。

「あのね、私やっぱりどうしても、音楽続けたくて。N大よりS大のほうが、音楽系の部活やサークル盛んみたいだから。……実は、担任から推薦《すいせん》入試すすめられてて。……受けようと思ってる」

言葉が出なかった。

本来なら、大切な友達が決めた選択だ。応援《おうえん》するのが正しいのかもしれない。けれど、私の胸の奥はざわついて仕方がなかった。杏果の瞳が揺れたのを感じて息が詰まる。

なにも言えない私をよそに、晴太は「すげえじゃん！　推薦ならもう勉強しなくていいな」と話を続けた。それに対して「まだ確定したわけじゃないし、私は今までどおりだよ」と笑う杏果に、私はヘタなつくり笑いを浮かべることしかできなかった。

杏果は小さな頃からずっとバイオリンを習っていて、中学高校と弦楽部《げんがくぶ》に所属していた。もちろん楽器はバイオリン。長年の練習で培《つちか》われた技術は確かで、県大会を突破できるかできないかくらいのレベルのうちの高校では、トップ奏者として演奏している。何度も弦楽部の演奏会に足を運んだことがあるけれど、杏果のバイオリンはこの地区では飛びぬけてうまいと思う。

杏果と初めて話した時、音楽が好きだということで意気投合したんだ。私たちが仲よくなるきっかけは、確実に〝音楽〟だった。

『やっぱりどうしても、音楽続けたくて』

――杏果の言葉が、ずしりと胸の中に残る。

高校二年の夏、私がいい大学に行くために勉強に専念すると言うと、杏果は笑って応援してくれた。そして、『じゃあ私も、那月と同じ大学に行けるように勉強がんばるよ』と、一緒にN大を目指すことになったんだ。私と違って、杏果はバイオリンをやめるようなことはしなかったけれど。

……まさかこんな時期に、進路を変えるなんて思ってもみなかった。だってずっと、一緒にがんばってきたのに。

晴太が教室の外からほかのクラスメイトに呼ばれて、「わりい、ちょっと行ってくる!」と言って席をはずした。その瞬間、今まで感じたことのない居心地の悪さを感じて唇《くちびる》を噛《か》む。杏果とふたりでいる時に、ここまでの気まずさを感じたこと、今まで一度だってなかった。

杏果もこの空気を感じ取っているんだろう。紙パックジュースのストローに口をつけながら、なにを言えばいいのかとうかがっているのが私にはわかる。

「……S大って、県外だよね?」

意を決して、なにごともなかったように明るく声を出したはずなのに、出たのは自分でもびっくりするほど冷たい声だった。杏果が私のほうを見る。頭の中が整理できていなくてぐちゃぐちゃだ。二日連続で変な夢を見たっていうせいもあるかもしれない。きっと今の私はどうかしている。でも、一度声を出してしまったらもう止まらなかった。

「ずっと一緒にN大目指してきたのに、相談もなしに簡単に進路変えるんだね。それに、県外だったらもう簡単に会うこともできないし。……推薦って、結局楽なほうに逃げてるだけじゃないの?」

いつも笑っているはずの杏果が、口をつぐんで私を見た。

ああ、やってしまった、と思う。こんなはずじゃなかったのに。

いつの間に雨が降っていたのだろう。今朝カーテンを開けた時は晴れていたのに。窓の外で降り注ぐ雨の音が強くなったと感じるのは気のせいだろうか。それとも、私たちふたりの間に言葉がなくなったからそう感じるのだろうか。杏果の困った表情の後ろに見えた雨夜の背中に、また胸が苦しくなってくる。

こんなことが言いたかったんじゃない。好きなことをやめてしまった私には、一緒にN大を目指してくれる杏果が唯一《ゆいいつ》の光だった。それなのに。

自分でも整理のつかないあせりにも似た感情と、なにも悪くない杏果にあたってしまった罪悪感で胸が苦しい。こんなはずじゃなかったのに。こんなふうに黒い感情を、杏果にぶちまけたかったわけじゃないのに。

「じゃあ、これ、今日の日直が集めといてくれ」

五限目、担任担当の数学の授業の最後にそう言われた。残念なことに今日の日直は私だ。最近本当にツイてない。

帰りのHRが終わったあと、私は教壇《きょうだん》横に立ってノートを出すようみんなに呼びかけた。ほとんどの人が自ら教壇の上に出しに来てくれるから、そう大変な作業ではない。クラス名簿《めいぼ》の紙を一枚もらって、出した人の名前にチェックを入れる。全員そろったら職員室まで出しに行く。ノートを出し終えて教室を出ていくクラスメイトの背中を眺《なが》めながら、ある程度集まったノートをそろえて、名簿にチェックを入れる。晴太は相変わらず出していないなあと思いながらため息をつく。

「那月、これ」

「あ、ああ……」

突然話しかけられてハッとした。顔を上げると、杏果が私にノートを差し出している。微笑《ほほえ》んではいるけれど、その表情が困惑の色を含《ふく》んでいるのはすぐにわかった。杏果だってきっと困っているだろう。

私も、どんな表情をしたらいいのかわからなくて、冷たい態度をとってしまった。

さっき、どうしたらいいかわからなくなってすぐに席を立ってしまったから。そのあとも、いちおう会話はするけれど、どこかぎこちなくて、お互《たが》いの言葉を探《さぐ》りながら話しているという状態。晴太はあのあと、私と杏果がギクシャクしているのに気づいたのか、めずらしく動揺《どうよう》した様子で私たちの顔色をうかがっていた。なにか言いたげにしていた晴太だけれど、私が『大丈夫だから、放っておいて』というとしぶしぶうなずいてくれた。ああ見えて晴太は意外と世話焼きなのだ。

杏果に対して、怒《おこ》っているわけじゃない。けれどどうしても、杏果が志望校を変えるということに納得ができなくて。それに、杏果があんなにひどいことを言った私に怒りもせず、ただ笑っていることにどうして？と思ってしまう。杏果はいつだって、笑ってごまかすことしかしない。そんな杏果に対して、私はどうしたらいいのかますますわからなくなってしまう。今まで隠してきた自分の黒い感情が出てきてしまいそうで、とても怖い。

「手伝おうか？」

ノートを受け取る時うまく笑えなかった私に、杏果は優しい声でそう問いかけた。どこまで心が広いんだろう。私は、杏果にひどいことを言ったのに。

杏果に対して持っている感情を、ひと言で表すのはとても難しい。大切な友達だと思ってる。いつも優しくて、おもしろくて、勉強もバイオリンもがんばっていて、みんなから好かれていて。どうして私なんかと仲よくしてくれるんだろうって、いつも思ってた。そんな杏果のこと、大好きで、同時にとても尊敬してた。

でも、それだけじゃない。……ずっと、私みたいに夢をあきらめたりしないで地道に音楽を続けている杏果のこと、うらやましいとも思っていたんだ。

「……いや、いいよ。ひとりでできる量だし」

「でも」

「いいって」

強い口調だったと思う。思わず出た冷たい声に、杏果が息をのんだ音が聞こえた。

顔を上げることができなくて、ぎゅっと制服の裾《すそ》を握りしめる。こんなはずじゃなかったのに、どうしてこんな態度しかとれないんだろう。

幸い、ほとんどのクラスメイトがすでにノートを出し終えて帰路についていたので、教室にはまったく人が残っていなかった。杏果と私の仲のよさはみんなが知っていることだから、クラスメイトがこんな様子を見たらびっくりすることだろう。

「……ごめん、那月。私のこと怒ってるよね」

「別に、怒ってるわけじゃない」

「第一志望を勝手に変えたのは、本当にごめん。那月にひと言でも相談してたら、って私、すごく後悔《こうかい》してるの。でもね、私は那月と……」

「誰もそんなこと、聞いてない」

さっきより、ずいぶんと落ちついた声だと思う。杏果には目もくれず、ノートのチェックをしていく。喉《のど》の奥がカラカラになって、うまく息が吸えない。真っ黒い感情が渦《うず》を巻いて私の中に湧き上がってくる。まるで波のようなそれは、自分でも抑《おさ》えが利かない。

〝あの日〟のことが思い出されて胸が苦しい。杏果は関係ない。そんなこと、自分の中でわかってる。それなのに、杏果が勝手に志望校を変えたことが、まるで私のことを裏切ったみたいに感じてしまって、苦しい。

「杏果はなにも、知らないよね」

言葉足らずの、冷たい言葉が出た。

「大好きだったピアノをやめた私にとって、杏果が『一緒にN大目指そう』って言ってくれたのがどれだけうれしかったか、杏果はわからないよね」

こんなの、ただの八つ当たりだってわかってる。

音楽をやめた私の隣《となり》で、屈託《くったく》なく笑いながらその話をする杏果のこと、本当はずっと、うらやましかった。私の中にある嫉妬心《しっとしん》と劣等感《れっとうかん》。けれどそれをこえるくらい、一緒に勉強をがんばろうと言ってくれた杏果が私にとって希望の光だったこと。

杏果はなにも知らない。

「……杏果には、私の気持ちなんてわからないだろうね」

そっと顔を上げると、口を固く結んだ杏果がこっちをじっと見つめていた。私はそれから目を背けて、集まったノートを抱《かか》えて教室を出る。

いつも笑っていて、こんな時でさえ私に歩み寄ろうとしてくれる優しい杏果のあんな表情、見たいわけじゃなかった。

けれど、黒い思いは止まることを知らないみたいに次から次へとあふれてくる。自分がこんなに最低な人間だってこと、今まで知らないフリをしていたのかもしれない。

杏果はなにか言いたげな目を私に向けて、それでもなにも言わずに口をつぐんでいた。

今、杏果に向き合うのはとても怖い。思ってもいないことまで口をついて出てきてしまいそうで、杏果が遠くなってしまいそうで、すごく怖い。

「――那月！」

ちょうど階段をおりきったところで、後ろから呼び止められた。私は歩みを止めてゆっくりと振り返る。

階段上から、杏果が私を見おろしていた。その表情は逆光でよく見えない。

「ねえ、やっぱり私、ちゃんと話がしたい」

「……話すことなんてない」

「でも……」

「第一、杏果はいつだって、笑って受け入れることしかしないじゃない！」

強く言葉を吐いた、その瞬間だった。

それはあまりに一瞬のことで、なにが起こったのか理解するのに時間がかかった。

ドサッという音とともに、階段下にいた私の横で杏果が倒《たお》れている。右手をかばいながら。

――階段をおりようとした杏果が足をすべらせた。

私は驚きのあまり固まることしかできない。大きな音を聞いて駆《か》けつけてきた先生と数人の生徒たちが、うずくまる杏果を見て青ざめた。そして、優しく背中をさすり声をかけている。

私はそれを、ただ呆然《ぼうぜん》と見ているだけ。

だって。今、会話をしていたところなのに。杏果が階段から落ちるなんてそんなこと、あるはずがない……。

苦しそうにうずくまって左手で右手首を押さえている杏果が、少し遅《おく》れてやって来た保険医にかすれた声で訴《うった》えた。

「……右手が、痛い……」

その言葉を聞いて愕然《がくぜん》とする。杏果の右手。バイオリンを弾くのに一番大切な右手。

数分後に男の先生たちがやって来て、杏果を抱《だ》き上げた。痛みに耐《た》えながら担架《たんか》に乗せられて運ばれていく杏果を目で追い、どこか違う世界で起こっていることのように感じながら、その光景を見ている私。保険医がそんな私を見て「友達なんでしょう、一緒に病院に行く?」と声をかけてきた。

――『友達』。その言葉が、ずしりと重く私に降りかかってくる。

とっさにうなずいて保険医の後ろについていく。混乱した頭をなんとか落ちつかせようと息を吐いて上を向いた。視界の隅に雨夜が見えたような気がしたけれど、今はそんなことを気にしている場合なんかじゃなかった。

＊＊＊

まるで小雨が降るような繊細《せんさい》な音が聞こえる。

ゆっくりとまぶたを開けると、意識がだんだんと戻ってくる。その瞬間、大きな拍《はく》手《しゅ》が鳴り始めて肩がビクリと跳ねた。

周りをキョロキョロと見回す。薄暗い客席。顔の見えない観客。オレンジ色のライトに照らされたステージ。まん中に設置された、大きなグランドピアノ。

私がいるのは、小さなコンサートホールの客席だった。たぶん、最も音の響きがよく聞こえるまん中の席に座っている。周りに座っている観客は大勢いるけれど、薄暗いせいかひとりも顔がはっきりとしない。頭がまだぼんやりとしているせいだろうか。どうなっているんだろう。

「那月」

ふと。聞いたことのある声がして隣を見ると、無表情の雨夜が周りに合わせて手を叩《たた》いていた。私はびっくりして言葉が出ない。ぼんやりとした意識が、だんだんとはっきりしてくる。

だって、ここはピアノのリサイタル真っ最中だ。そして、横に雨夜がいる。つまり、私はまた夢を見ているということだ。しかも、昨日夢の中で自分が言った願いどおりの。こんなことってあるだろうか。

「どうして雨夜が……それに、昨日願ったとおりの夢を見てる。……なんなの、これ」

「なんなの、って言われてもな。那月が願ったんじゃないのか」

座って前を向いたまま拍手を続ける雨夜は冷静で、あせる自分が恥《は》ずかしく思えてしまう。けれど、どう考えたってこんなのおかしいじゃないか。もう真っ白な空間ではないけれど、まるで昨日の夢の続きを見ているみたいだ。

昨日夢を見終えて、朝起きて、一日が始まって……私はどうしたんだっけ？　どんな一日を過ごしたんだっけ？

「杏果と、喧嘩《けんか》した……」

私の言葉に、雨夜はなにも言わなかった。考えると頭が痛くなってくる。そうだ、私、杏果と喧嘩した。杏果は私を追いかけてきて、階段から落ちたのだ。

「杏果の病院に一緒についていって、検査を待って、結果を聞いて……」

それから、どうしたんだっけ？　担任に家まで送ってもらって、今日のぶんの勉強もせずに、私は眠りについてしまったのだろうか。思い出せない。胸の奥がムカムカして気持ちが悪い。

「……現実世界の雨夜は、学年一位じゃなかった」

「へえ、そうなのか」

頭が混乱して、脈絡《みゃくらく》のないことを言ってしまった。雨夜の落ちついた返答が、なぜだか少し心地がいい。

杏果の検査結果を待っている間、家に帰ってきて自分の部屋にいる間、私はずっとひとりで杏果のことを考えていた。だからこそ、誰かが言葉を返してくれるというのはすごく安心できることなんだと思う。今は隣に誰かがいてくれるだけで心強い。

雨夜がいる。ここは現実のことなんてなにも考えなくていいはずの、夢の中の世界。そう思うと、少しだけホッとした。さっきまでうまく息を吸えなかったのに、雨夜の存在で夢の中だと確信して安心したのか、呼吸がしやすくなった。

「私が見ている夢の中の雨夜は、私がつくり出した幻想なの？」

「俺に聞かれてもわからないな。だってこれは、那月の夢の中なんだろ」

私が返答しようとすると、雨夜が人さし指を立てて「シッ」と小さな声を出す。やっとやんだ拍手を確認して、演奏者が再びピアノの前で息を吸い込んだのだ。それはきっと、次の曲が始まる合図。

観客同様、演奏者の顔もよく見えず、ぼやけている。雨夜の顔ははっきりと見えるのに。ほかの人の顔はすべてぼやけて見えるなんて、やっぱり変な夢だ。

大人しく静かに待っていると、演奏者の指がピアノに置かれた。次の瞬間、息をのむほどやわらかな音が、ホール中に響いた。

──パッヘルベルの『カノン』だ。

懐《なつ》かしいその曲に、思わず息をするのも忘れてしまった。

有名な曲ほどあらが目立つというけれど、一音一音をすごく丁寧《ていねい》に奏でているのがこちらにも痛いほど伝わってくる。うまい。やわらかくて繊細で、けれども壮大な音をしている。私も何度も弾いたことがある曲だ。指先が覚えている。けれど、同じ曲なのに全然違う。アレンジも弾き方も、見せ方もそうだけれど。……一番違うのは、〝音〟だ。まるで雪が降るような軽さと、たっぷりと水を含んだような奥ゆかしさ。胸の奥がぎゅっと切なくなるような、響き。

「有名な曲。俺でも知ってる」

「……そうだね」

小声で雨夜が「すごいな」とつぶやくから、それにゆっくりとうなずいた。

久しぶりに、生のピアノ演奏を聴いた。勉強に本腰を入れる前までは、よくひとりでいろんなコンサートに行っていたけれど。……ピアノを弾かなくなったあの日からは、誰かが弾いているのを聴くのも見るのもなんだかつらくて。

パッヘルベルの『カノン』。有名だけれど、きっと私は人並み以上に知っている。

「……指、動いてる」

「え……」

雨夜に指摘《してき》されて気がついた。自然と右手の指が演奏に合わせて動いている。まだタッチを覚えているのだ。

「すごいな、楽譜を見なくてもわかるのか」

雨夜はこちらを見ずにそうつぶやく。私がとっさに左手で動く右手を押さえたことには気づいていないんだろう。

当たり前だ。指が動いてしまうのはごく自然なことなんだ。何度この曲を弾いたことか。もう数えきれない。

耳になじみのある有名な旋律《せんりつ》に向かって音楽が盛り上がりだす。それを聴いていると、今日あったことが鮮明に頭の中によみがえってきた。

──『右手首を骨折してますね。二か月はなにもできないと思ってください。楽器を弾くとなると、そのあと数か月のリハビリが必要ですね。もとのように弾けるかどうかはまだわからないですが……』

杏果の家は共働きで、両親ともとても忙しい。今日も連絡がつかなくて、担任と保険医が杏果を抱えて一緒に病院へ向かった。私は待合室で待っている予定だったけれど、ひとりで待っているのが怖くて診察室《しんさつしつ》のすぐ横にいた。だから、その言葉が聞こえてしまったのだ。病院の先生の声は、はっきりそう言っていた。

全身の打撲と、右手首の骨折。

私が勉強だけに励んでいる間、杏果はきちんと部活と勉強を両立させていた。弦楽部でも、家でもバイオリンをひたすら弾いていて。楽器を練習してから勉強するんだっていつも言っていた。そのおかげで夜遅くまで授業の予習復習をしているというのに、授業中寝ているところさえ見たことがない。それに、かわいくて頼りがいのある杏果は友達だって多くて、よく文化祭や体育祭の実行委員を任されていた。あのか弱そうな体のどこにそんな体力があるのだろうといつも不思議に思っていたけれど、杏果は弱音ひとつ、ぐちひとつ私にこぼしたことがない。

そんな杏果の、今日のあの困った表情を、私は忘れることができない。お昼の時間を過ぎてから、なんだか気まずくて顔を合わせることができなかった。そのあとのあの事故だ。思い出すだけで胸が痛む。

杏果が上から落ちてくる映像が、まるでスローモーションのように私の頭の中で何度も再生される。そのたびに『お前のせいだ』と言われているみたいで息を吸うことすら苦しくなる。

——いや、実際、私のせいだ。

自分でもどうしてあんなことを言ってしまったんだろうと思う。私があんな態度をとらなければ、杏果が私を追いかけてくることもなく、階段から落ちることもなかっただろう。

杏果が決めたことに、私が口出しする権利なんてどこにもないのに。杏果がどれだけ音楽が好きで、どれだけ勉強をがんばってきていたのか、横にいる私が一番わかっていたはずなのに。

それでも。

なにひとつ相談なしに、勝手に志望校を変えるなんて思ってもみなかった。だっていつも、『一緒にN大に行こうね』と、『那月と同じ大学に行ったら楽しいだろうなあ』と、そう言っていたのに。

右手を押さえる左手にぐっと力を入れる。矛盾《むじゅん》した思いが全身を駆けめぐり、心をかき乱して止まらない。

「……ねえ」

小声で隣にいる雨夜にそう問いかける。演奏中に言葉を発する日がくるとは思わなかった。けれど、今ひとりでいたら、確実にネガティブな思考に陥《おちい》ってしまう。誰かが横にいることを確認したかった。

雨夜が横にいる。それは、夢の中であることを確実に示している気がして肩の荷がおりるんだ。やわらかなピアノの音を、今は真剣に聴くことができない。

「雨夜は、どこの大学目指してるの？」

話題なんてなんでもよかった。けれど自分の口から出た話はそんな現実的なもので、自分で自分にガッカリする。もっとほかになにかなかったのだろうか。

現実の雨夜がどれくらいの成績なのか私は知らない。けれど、夢の中での雨夜は学年一位だと言った。それなら、きっとかなり上の大学を目指しているんだろう。

「俺は大学なんて行かない」

「えっ？」

思わず素《す》っ頓狂《とんきょう》な声が出てしまう。顔のぼやけた周りの観客がいっせいにこちらを向いたのがわかって、あわてて口を押さえる。演奏者にも失礼なことをしてしまった。

「そんなに驚くことかよ」

「ごめん、思わず……」

「まあ、特進クラスだしな。進学するのは当たり前だって考えはわかる」

雨夜の言葉に、なにも返すことができなかった。進学すること前提で話をしてしまったことに深く反省する。他人から進路のことなど、口を挟まれたくなんてないだろう。

「……美須々《みすず》さんと喧嘩でもしたのか」

雨夜の口からその言葉が出るとは思わなくて、またびっくりしてしまう。今度は声を出さないように気をつけたけれど。

雨夜の声は思いのほかとても優しくて、その瞳はまっすぐに私をとらえていた。純《じゅん》粋《すい》に心配してくれているような問いかけに、胸の奥が苦しくなる。

美須々。杏果の名字《みょうじ》だ。——美須々杏果。

でも、どうして雨夜は杏果と私が喧嘩したことを知っているのだろう。クラスメイトたちは近くにいなかったはずだ。

「……どうして杏果の存在を知ってるの？」

「どうしてって、クラスメイトだからな」

ああそうか、と納得する。雨夜はいちおう私のクラスメイトだったんだった。夢の中の雨夜は私がつくり出した幻想だとすれば、杏果と喧嘩したことを知っていてもおかしくない。

夢と現実の区別が難しい。雨夜はなにをどこまで知っているのだろう。現実の雨夜と、なにが違うのだろう。

「……喧嘩、じゃない。私が一方的に怒っただけ」

「へえ」

自分から聞いておいて心底興味もなさそうな返事だ。女子のいざこざなんて、ただのクラスメイトの雨夜にとってどうでもいいことには違いないのだけれど。

演奏者が『カノン』の最後の一音がちょうど弾き終わり、会場中がまた大きな拍手に包まれる。雨夜も私も、周りにつられて手を叩いた。

「私と杏果って、仲がいいと思う？」

「まあ、周りから見ればそうだろうな」

「……うん、そうだよね。私も、杏果のことかけがえのない親友だって思ってるけれど。それだけじゃない。私が、杏果に対して持っているもう一方の感情。それは、決して綺麗なものじゃない。まるできれいなフリをして、毒を持った花みたいに。

「……同じ大学目指してたの」

「同じ大学？」

「私と杏果。ずっと、同じ大学に行こうねって、一緒に勉強してた」

どうして雨夜にこんなことを話そうと思ってしまったのかわからない。夢の中だから、ということもあるかもしれないし、三日連続で出会っているせいでなにか親近感が湧いてしまったのかもしれない。どちらにせよ、自分の中のモヤモヤを誰かに聞いてほしかったという気持ちが大きい気がする。

「でも、杏果に志望校変えるっていきなり言われて……。音楽続けたいから、志望校を変えて推薦もらうって」

「ふうん、そうなんだ」

「……私が口出すことじゃないけど、無性《むしょう》にイライラして……」

拍手がやむ。次の演奏が始まるのかもしれない。

「へえ、それで？」

「それで……」

言葉に詰まる。こちらをいっさい見ない雨夜。

今まで好きなだけ音楽を続けてきて、勉強だってできて、それなのに簡単に将来を手に入れてしまった杏果のこと。……無性にイライラして、八つ当たりした。杏果が悪くないのは、私が一番よくわかっているのに。

「八つ当たりして、杏果にひどいことを言った。私のことを追いかけてきた杏果に、話すことなんてないって突《つ》っぱねて」

今日、杏果が階段から落ちてきたシーンが何度も何度も頭の中で再生されて、罪悪感と自分への不信感がとどまることを知らないみたいにあふれてくる。杏果が上から落ちてきたあの瞬間、そして『痛い』と言った杏果の声。全部が、鮮明によみがえってきて私に襲いかかってくる。

「それで、那月はどうしたいんだよ」

「どうしたい、って……」

雨夜の口調は荒《あら》いけれど、声はとてもやわらかくて優しかった。

「自分は勉強だけに専念してやってきたのに、好きな音楽を続けるっていう美須々さんのこと。本当はうらやましかったんだろ」

雨夜の言葉になにも言い返せなかった。私の汚《きたな》い部分をすべて見すかされているみたいで、胸の奥がつっかえる。

「でも、自分と同じように同じ大学を目指して一緒にがんばろうって言ってくれた美寿々さんのことが、誰よりも好きなんだろ、那月は」

私が言いたかったことを、全部代弁してくれたみたいに。雨夜がゆっくりと、優しい口調でそう言いきる。

間違っていない。なんでもできて、周りからも好かれていて、それでいて大好きなバイオリンもずっと続けて。私にはないものをたくさん持っている杏果のこと、本当はずっとうらやましかった。けれど同時に、そんな杏果が、私は誰よりも好きだったのだ。

だからこそ、志望校を変えるということが受け入れられず、杏果に裏切られたように思えて悲しかった。……本当は、私が一番杏果のことをわかっているはずなのに。

「どこの大学に行こうが他人には関係ないだろ。友達だろうがなんだろうが、口を出すことじゃない。どう生きていこうが、そいつの勝手だ」

「うん、わかってる……」

「那月の中にある罪悪感も謝りたい気持ちも、伝えるのは全部美寿々さんへだろ」

どうして、雨夜はこんなにも私の気持ちをわかってくれるのだろう。胸の奥をぎゅっとつかまれたように苦しい。

杏果のこと、自分自身のこと、雨夜のこと。客観視してみないとうまく言葉にできないことがたくさんある。

「私ね、ピアノ、弾いてたの」

「ああ、なんとなく気づいてたよ」

「小さい頃からずっとピアノを弾いてて……大好きだった、ピアノを弾くこと。音を奏でること。けど、去年の夏、大好きだったピアノをやめた」

あの時のこと。本当は今でも思い出すのがつらくて、ずっと私の胸の奥に閉じこめたままだった。誰にも話すことなく、生きていくんだと思っていた。

「杏果はバイオリンを弾いてて、よく一緒にさっきの曲を弾いてたの。パッヘルベルの『カノン』。放課後の音楽室で、杏果の部活がない日。……楽しかったな、本当に」

「……なあ那月、ここは夢の中だよ」

唐突にそう言った雨夜のほうを向く。さっきまでステージを見つめていた雨夜が、ゆっくりとこちらを見た。薄暗い観客席には私たちふたりしかいない。長い前髪からのぞく彼の瞳は、やっぱり昨日と同じ色をしている。

「ここでは、誰も見ていない。誰にも邪魔されることなんてない。ピアノ、もう一度、弾いてみればいい」

　ふと周りを見渡すと、さっきまで満席だった客席に人ひとりいやしない。演奏者もいない。あれだけたくさんいた観客はどこに行ってしまったのだろう。ステージに置かれたピアノが、オレンジの光を浴びてポツンと佇んでいる。せっかく久しぶりにピアノの音を聴いていたのに。そんな余裕《よゆう》も持てない自分が本当に情けない。

「そんな、もう一年も弾いていないんだし……」

　その言葉を言ったとたん、急に視界がぐらりと揺れてまばたきをした。次の瞬間、急に目の前に広がる景色が変わった。

　客席じゃない。さっきまで私が見ていた場所。――あたたかいオレンジ色のスポットをあびた、ステージの上。

　目の前にはきれいなグランドピアノ。私の家にあるアップライトピアノとは大きさも質も全然違う。けれど発表会やコンクール、レッスンの時にはこの大きなグランドピアノに触れることができた。

　黒と白の鍵盤の上に、そっと自分の指先をのせる。誰も見ていない。誰も邪魔なんてしない。私がピアノを弾くことに、誰も文句なんて言わない。

　思わずその指先に力を入れそうになった、その時。

――『才能がないのに、どうして続けるの？』

どこからともなく聞き覚えのある声がして、私の指先はピタリと止まった。

あの日と同じだ。

動かない指先、思い出せない楽譜、鳴らないピアノ、騒がしくなる観客席。そして、私の脳内を駆けめぐる、その言葉。

「那月」

雨夜の声が聞こえた。けれどそれに、私は反応することができない。動かない指先を必死に動かそうとする私を、鍵盤は動くことなく見つめ返している。

「那月！」

雨夜の声が遠くなる。ダメなんだ、やっぱり。私には、無理なんだ。失望とあきらめのような気持ちが混ざり合って、私はゆっくりと目を閉じた。

——私やっぱり、もうピアノを弾くことなんてできないんだ。

| 水曜日 |

夕暮れノスタルジック

「――美須々だが、事故のため一週間ほど休むことになった」

朝のＨＲ。担任がみんなの前でそう告げると、クラス中がいっせいに騒がしくなった。

人気者の杏果が事故に遭《あ》って怪我《けが》をしたのだ。みんな驚くに決まっている。それに、昨日の帰りはほとんど人がいなかったから、学校の階段から落ちた、という事実も知っている人はほとんどいないだろう。

誰も座っていない杏果の席を見て、また胸が痛くなってきた。

昨日の夜、眠りにつく前。目が覚めたら、全部夢だったなんてことないかなって願ったのに、当然そんなことはなくて。……それどころかまた雨夜の夢を見てしまった。

しかも、夢の中でまで私は意地を張って、雨夜を怒らせた。本当に、なんて馬鹿なんだろうと思う。自分が杏果に対して持っている感情を、他人にさらけ出すのは至極難しい。

「宮川」

突然名前を呼ばれて肩がビクリと跳ねた。担任が私を呼んだのだ。

「ちょっと話があるから、昼休み職員室な」

その言葉に、私は小さく返事をすることしかできなかった。

「それで、美須々とは喧嘩してたんだな?」

昼休み。私は担任に言われたとおり職員室を訪れた。食べ物のにおいとコーヒーのにおいが充満《じゅうまん》したこの空間はあまり好きじゃない。あと、小太りなうちの担任の、メガネの下にのぞかせた細い目も。

「喧嘩というか……」

「まあ、美須々はなんでもできるしな」

コホン、と担任がひとつ咳払《せきばら》いをする。小さくつぶやいたその言葉の真意を私が理解する前に、少し下にずれたメガネをなおして視線をこちらに向けた。

「……美須々が階段から落ちた時、宮川も一緒にいたんだよな?」

ドクン、と心臓が鳴る。担任の目がまっすぐに私を見ている。

まるで私が杏果を突き落としたかのような言い方。疑いの目。『美須々はなんでもできるし』という言葉。

わかってる。杏果は誰にでも好かれる体質だ。あれだけ人柄《ひとがら》がよくて、いつも笑顔で、部活も勉強もがんばっているんだもの、教師に好かれているのだって当たり前だろう。うちの担任が明らかに杏果をひいきしていることなんてわかりきっていたことだ。推薦の話だってそう。

目の前の担任の真意はわからない。それでも、杏果の話を誰かに、ましてや私と杏果のことをなにもわかっていない人に話すのはすごく苦しい。あの時、階段から落ちてきた杏果の姿を思い出すとどうしてもうまく息を吐くことができなくなってしまう。

「一緒に、いました」

「美須々が落ちたところを見たのか?」

「……私が階段下にいて、呼び止められたので振り返って、少し会話をして。杏果は階段をおりようとして、足をすべらせて……」

担任が、昨日あったことを聞くのは当たり前のことだ。わかってる。でも、どうしてもこの時間が早く終わってほしいと願わずにはいられない。

どうしてこんなことを説明しないといけないのだろうと思ってしまう。また、あの時の杏果の姿が鮮明に私の脳内に映し出される。私を呼び止めた杏果の声。引きとめる言葉。私のひどい態度。そして、杏果が足をすべらせた瞬間。

言葉を詰まらせた私を見て、担任がひとつため息をついた。

「まあいい。あれは事故だったんだしな。それより、美須々の進路のこと、本人からなにか聞いたか?」

「……はい。推薦にしたんですよね」

「幸い推薦入試は面接だけのところだったからよかったものの……これで筆記試験が

あるところだったら厳しかったよ。右手の負傷じゃ二か月ペンも持てないらしいからな」

「……」

今の私に返す言葉はなにもない。

まるで私に言い聞かせるように、担任は持っていたボールペンを揺らしながら足を組んだ。『あれは事故だったんだしな』という言葉で感じてしまう。担任は、杏果が怪我をしたのは私のせいなんじゃないかって疑っていること。

頭が痛くなってくる。杏果への罪悪感と、自己嫌悪《けんお》、それから、担任への不信感。全部が一気に降りかかってくる。昨日の夢で、雨夜に自分の気持ちをはっきりと言葉にされたばかりなのに。

「なんで喧嘩したのか知らんが、美須々もだいぶ落ち込んでいるだろう、数か月とはいえ大好きな音楽ができなくなるんだしな。宮川は美須々の親友だろう、支えてやってくれよ」

ポン、と担任が私の肩に手を置いた。私は小さく、「はい」と言うことしかできなかった。

帰り道を歩きながら、気持ちの悪さをどうにか抑えようとセーラー服の襟もとをぎゅっとつかむ。くらくらする。昨日、杏果が落ちてきた映像が頭の中で何度も再生されて、そのたびに胸の奥が痛いほど締めつけられる。

放課後にある業後課外をサボってきてしまった。正確には体調不良ということにしたのだけれど。

オレンジ色に染まったいつもの通学路。普段より早く学校を出たせいできれいな夕日が空に浮かんでいるのを見ることができたけれど、今はそれに感動している気分じゃなかった。むしろ、全部黒色に塗《ぬ》りつぶしてやりたいと思うくらい。早く夜になればいいのに。

杏果の笑った顔を何度も見ているはずなのに、どうして今思い浮かぶのはあの困った顔だけなんだろう。こんなことになるなら、意地を張らずに日直の仕事を手伝ってもらえばよかったのかもしれない。

——杏果の怪我は私のせいだ。

わかっていて、でも認めるのはとても苦しくて。

あの時、私が『話すことなんてない』なんて言わなければ。私が、杏果の決めた選択を素直に受け入れて応援していれば。

もう変えることのできない事実がぐるぐると渦を巻いて私に降りかかってくる。もし、杏果がもう楽器を演奏することができなくなったら？　演奏できたとして、今までどおりにいかなくなっていたら？　リハビリがうまくいかなかったら？

――杏果が音楽を大好きなこと、私が一番よく知っているのに。

昨日夢の中で聴いたパッヘルベルの『カノン』を思い出す。私もよくピアノで弾いていた曲だけれど、杏果もよくバイオリンで弾いていた曲だった。

『ねえ、ピアノとバイオリンの二重奏で、いつか舞台《ぶたい》に立とうよ』

そうやって杏果が私に笑いかけたのはいつだっけ？

時々、昼休みや放課後にふたりで音楽室に行って、杏果は私のピアノを聴いてくれていた。一曲弾き終わるたびに、杏果はうれしそうに笑うのだ。『那月のピアノが好き』と、そう言って。その言葉に照れた私はまたピアノを弾いて、杏果は私のピアノに沿ってバイオリンを弾いてくれた。音が重なる瞬間というのは、いつもひとりでピアノを弾いていた私にとってすごく幸せで貴重な時間だったんだ。

高校二年の、夏が明ける前まで。私はピアノに夢中だった。その横で、同じようにバイオリンに夢中になっている杏果が好きだった。ふたりでリサイタルやコンサートに何度も行ったし、杏果の発表会には毎回足を運んだ。同じように杏果も私の発表会には必ず花束を持って聴きにきてくれていた。お互いが、お互いのつくる〝音楽〟が大好きだった。

いつから私は、ちゃんと杏果の奏でる音を聴けなくなっていたんだろう。高校二年の夏、ピアノをやめてから。本当はずっと、楽しそうに楽器を奏でる杏果がうらやましくて憎かった。「応援してるよ」なんて口では言いながら、「勉強しなくちゃいけないから」と杏果の発表会に足を運ぶこともなくなった。

――『才能がないのにどうして続けるの？』

動きだそうとした右手の指先をぐっと左手で押さえつける。思い出さないようにしていたのに、久しぶりにあの声が私の頭にずしりと重く響いた。

息を吐くのも、吸うのも苦しい。頭がくらくらして気持ちが悪い。

どうにもできない。私はもうピアノを弾けないし、杏果に合わせる顔もない。道ばたに咲《さ》いた名前の知らない花を憎らしく思うくらい、私はとても醜《みにく》い。

ふらふらと歩いていると、突然ぽん、と肩を叩かれた。あまりにいきなりだったものだから驚いて振り向くと、そこには無表情の雨夜が立っていた。

「え、雨夜……？」

思わず声が出てしまった。だって、まさかこんなところで雨夜に肩を叩かれるなんて思いもしなかったから。ここは夢の中なんじゃないかと思ってさっきまでのことを思い返してみるけれど、絶対にそんなことはない。だって今まで学校に行っていたのだし。

「これ、担任が」

私が驚いて固まっていると、雨夜が茶色い封筒《ふうとう》を差し出した。

「今日の課外のプリント」

「え、あ、ありがとう……」

雨夜からその封筒を受け取りながら、どうしてわざわざ？　と思う。だって、こんなプリント明日渡せばいいはずだ。それに、なぜ雨夜なのだろう。

「俺も今日課外休む予定だったから。……宮川が体調悪いみたいだから一緒に帰ってやってくれって。家の方向が同じだからって」

私が不思議そうな顔をしていたことがわかったのか、雨夜がそう淡々《たんたん》と言った。

『宮川』という呼び方が、夢の中での『那月』の響きと違ってなんだか違和感《いわかん》を覚えてしまう。今日の前にいる雨夜が、本物の雨夜だというのに。

担任が意外と私のことを気にしてくれていたことに対してびっくりする。今日のあの面談のあとに体調不良と言って課外を休んでしまったから、罪悪感でも芽生えてしまったのかもしれない。私はめったに、というか学校自体も休んだことがほとんどないタイプの生徒だから。

「そうなんだ……わざわざありがとう。雨夜もこっちの方面なんだ」

小さな声だった。現実の雨夜とこんなふうに面と向かって話したこと、ほとんどないのだ。女子の間で人気を博してやまない彼と一緒に帰ったなんてことが知れたらけっこうまずい気がするのだけれど、担任と雨夜の厚意を無駄《むだ》にするわけにはいかない。それに、今はひとりになるより誰かといたほうが気が楽だった。

「ああ、うん」

ほとんど相槌に近い言い方で雨夜が歩きだすので、私もその横に並んで歩く。夕方、この道は人通りが少ないので私たちのほかに人影はない。

「……体調大丈夫？」

なにか話題を、と考えていると、雨夜が先にそう尋《たず》ねてきた。あまり話したことがない人とふたりっきりになるのは少し気まずい。夢の中での雨夜とはそんなことはなかったのに。

「ああ、うん、大丈夫。大したことないよ。担任もちょっと大げさだよね」

「ああ、まあ……」

「私あんまり体調悪くなったりしないから、心配になっちゃったのかも」

「ああ……宮川が学校休んでるのとか見たことないもんな。いつも美寿々と晴太と楽しそうにしてる」

ドキリとする。現実の雨夜がそういうことを認識してくれているとは思わなかったから。ただのクラスメイトとはいえ、雨夜の中に私の印象がちゃんとあったことに驚いてしまう。

ただ、今、いつも杏果と楽しそうにしてると言われるのは正直つらかった。杏果の笑顔を思い出すたびに、自分のことが許せなくなりそうで。

「そう、だね」

「美寿々さん、大丈夫？」

「……うん、たぶん」

ははは、と苦笑いを浮かべて、そんな曖昧《あいまい》な言葉を返すことしかできなかった。雨夜に悪気がないのはわかってる。ただのクラスメイトなら、私と杏果が仲がいいことも知っているし、当然喧嘩して私のせいで杏果が怪我をしたなんて思わないだろう。

「そっか、早く退院できるといいな」

「うん、そうだね」

夢の中の雨夜よりどこかよそよそしくて距離がある。現実の雨夜と夢の雨夜は違うんだって、夢の中で見ている雨夜は私の幻想だって、そう誰かに言われているみたいで胸が苦しい。早くこの時間が終わればいいのにとさえ思ってしまう。

夢の中の雨夜に会いたい。——そう思ってしまう。

「じゃあ私ここ曲がるから、わざわざプリントありがとう」

しばらく他愛もない話をしながら歩いて、曲がり角に着いたところでつくり笑いを浮かべながら雨夜に背を向けた。

「宮川」

ふと後ろからそう呼ばれて振り返る。長い前髪からのぞく雨夜の瞳が私をしっかりととらえていた。呼び方は違うのに、その視線は夢の中とリンクする。

「無理すんなよ」

驚いた。現実の雨夜が、そんなことを言うなんて思ってもいなかったから。

「……ありがとう」

私がそう言うと、雨夜は少しだけ笑った。そして私に背を向けて、反対方向へと歩いていく。

私が杏果の話をしんどそうにしていること、気づいたんだろうか。どうして、『無理すんなよ』なんて言ってくれたんだろうか。

遠ざかっていく雨夜の背中を見ながら、高鳴る鼓動を抑えるみたいにセーラー服のリボンをぎゅっと握りしめた。


家に着くと、玄関にめずらしくお兄ちゃんの靴があった。大学に入ってからはバイトとサークルで忙しそうで、めったに夕飯に顔を出すことはないのに。そのおかげで今日の夕飯はいつもより時間が早くて、私は業後課外をサボってきたことが母親にバレてしまった。

「本当にもう、受験生がなにをしてるのかしら」

「ごめん、ちょっと頭痛くて」

「ちゃんと勉強してるの？　模試だってC判定から全然上がらないじゃない」

隣にお兄ちゃん、目の前に母。お父さんは帰りが遅いので一緒に夕食を取ることは少ない。うちの家族関係はいたって普通だと思うけれど、勉強に関してはとにかく厳しい。

「うん、わかってる。がんばるから」

ご飯を口に運びながら冷たくそう言い放つ。

E判定からC判定に上げたって、『合格』しなくちゃ意味がない。そんなことは十分にわかってる。勉強して、いい大学に入って、いい会社に就職して。……それがうちの親への最大の親孝行。お兄ちゃんができなかったぶん、私に期待がかかっているのは自分が一番よくわかってる。

「宏之《ひろゆき》もいつもそう言ってたわよ。お願いだから二の舞《まい》にはならないでね」

ため息をつきながらそうこぼすお母さんを、私もお兄ちゃんも黙って見つめる。

宏之というのは私のお兄ちゃんの名前だ。私と同じようにN大を目指していて、模試ではいつも合格圏内《けんない》を守り続けていたけれど、結果は不合格。うちは浪人《ろうにん》なんてもってのほかという方針なので、仕方なくすべり止めで合格していた私立大に入学した。

それから、お兄ちゃんは変わってしまった。

大好きだった野球をやめて、髪を伸ばしてパーマをかけた。明るい茶髪。ピアスの穴は二個あいていて、バイトとサークル活動のせいで帰ってくるのはいつも十一時を過ぎた頃。もともと活発な性格だったし顔もスタイルもそんなに悪くはないから、女の子にも急にモテだしたみたいだ。

隣で黙って話を聞いていたお兄ちゃんが、ガタっと突然席を立つ。

「ごちそうさま」

冷たくそう言い放ってリビングを出ていくお兄ちゃんの背中を見ながら、お母さんは「久しぶりに顔を見せたと思ったらあの態度。育て方を間違えたわ」とため息をついた。お兄ちゃんの器には、ご飯がまだ半分残っていた。

「そのぶん、那月は偉いわ。ピアノもちゃんとやめたし、あとは合格するだけね」

お母さんの言葉に、私はかわいた笑いをすることしかできない。

ピアノをやめたこと。それはお母さんにとって『偉い』こと。

なにを言われても野球をやめなかったお兄ちゃんより、バイオリンをずっと続けている杏果より、ピアノをやめて勉強に専念することを『偉い』と、母はいつもそう言った。ピアノをやめたあの日のこと、お母さんは覚えているのだろうか。

ステージの上で動けなくなった、私のこと。

味のしないご飯をなんとか飲み込みながら、「勉強してくる」と席を立つまでの時間が苦痛で仕方なかった。

＊＊＊

古びたかびくさいにおいがする。どこか懐かしくてホコリっぽいそれは、私の記憶をよみがえらせるのにはちょうどよかった。

目を開くと、思ったとおり学校の古びた音楽室が広がっていて、私はそこにポツリと立っている。知っている場所だからこそ、あまり驚きはしなかった。

「那月」

ふと後ろから声がして、もしかして、と思う。いや、むしろ確信に近い。

振り返るとそれはやはり雨夜の声だった。

「雨夜」

また同じ夢を見ている。これで四日目だ。今日の放課後、現実の雨夜と一緒に帰ったことを思い出して胸がドクンと鳴った。

オレンジ色のあたたかい光が差し込んだ音楽室。通常の教室ふたつ分くらいの大きさがあるものの、置かれているのは大きなグランドピアノくらいだ。うちの音楽の授業は、授業の時だけ準備室からパイプ椅子を取ってくる制度なので、それ以外は特になにもない。黒板横に貼《は》られた偉大《いだい》な音楽家たちの肖像画《しょうぞうが》は、所々日に焼けて色あせてしまっている。

昨日の夢も今日も、杏果とここでよくピアノを弾いていたことを考えてしまったから夢に出てきたのだろうか。担任に杏果のことを聞かれたこと、現実世界での雨夜と一緒に帰ったこと、めずらしく夕飯に現れたお兄ちゃんに母がひどい言葉をかけたこと。

……いろんなことを考えすぎて、部屋に帰ってすぐベッドで横になった。少しだけだと言い聞かせたけれど、どうやらこうして眠りについてしまったらしい。

また雨夜が出てきたことは不思議でならない。でも、なぜだろう。雨夜に会えたこと、どこかでホッとしている自分がいる。

「また会ったな」

〝また〟という言葉にどこか安堵《あんど》する。雨夜が私のことを覚えていてくれること、夢の中で会えること、やっぱり少しだけ期待していた自分がいて。

「どうして、雨夜なんだろう……」

「さあ、それは俺にもわかんねえよ」

「……雨夜、昨日のこと覚えてる？」

この夢が昨日の夢の続きなら。私がステージの上でピアノを弾こうとして指が止まってしまったこと、雨夜に見られていたはずだ。

だってあの時、雨夜は『那月』と私の名前を呼んだのだ。

「ああ、覚えてるよ」

その言葉に恥ずかしさを覚える。『大好きだった、ピアノを弾くこと』と言ったのに、いざ目の前にすると指が動かなくなってしまうなんて。雨夜が、せっかく夢の中だから弾けばいいと言ってくれたのに。

「それより」

私より数歩先にいた雨夜が突然こちらに向かって歩いてきた。びっくりして固まる私と、私の目の前で歩みを止めた雨夜。

長い前髪からのぞく、夜の暗闇のような瞳が、まっすぐ私をとらえていた。

「……大丈夫か？」

息が止まるかと思った。だって、雨夜があまりにも優しい声でそう私に尋ねたから。

雨夜のことだから、またキツい口調でなにか言ってくるんじゃないかと思ったのだ。

拍子《ひょうし》抜けした私は、あせって目をそらしてしまう。

「だ、大丈夫かって……」

「美須々のこと」

「それは……」

口ごもる私に雨夜はなにも言わず、くるりと背を向けた。スタスタと黒板のほうまで歩いていくと、小さなステージのようになった段差に腰かける。そして私のほうを向いた。『隣に座れば』ということなのだろうか。

雨夜は言葉を発しないけれど、私の足は自然に動いた。

雨夜の横に腰かけると、開いている窓から暖かい風が入ってくる。夕暮れ時くらいだろうか、見えている空は茜色《あかねいろ》だ。

夢の中の雨夜は、いったいどこまで知っているのだろう。昨日、杏果と喧嘩したことは話したけれど、怪我をしたことは話していない。……私のつくり出した幻想なのだから、知っていてもおかしくはないのだけれど。

「雨夜は、どこまで知ってるの？」

「どこまでって？」

「……杏果のこと」

「ああ、怪我したんだってな」

……やっぱり、知っていたのか。

隣にいるけれど角度的に雨夜の表情は見えない。けれどきっと、私のことを気遣《きづ》ってくれているんだろうってことはわかる。だって、さっき『大丈夫か？』と言った雨夜の声は、それくらいにとても優しかったから。

「……私が杏果にひどいことを言わなかったら。……杏果は、怪我なんてしなかったかもしれない」

雨夜は私の言葉になにか言うどころか、うなずくことさえしなかった。けれどそれが私には都合がよくて、話す速度はだんだんと上がっていく。

「杏果ね、私を追いかけてきて、階段から落ちたの。話をしようっていう杏果に、私は背を向けて、意地を張って、ちゃんと話すことさえしなくて。……ひどい言葉を言った。私があの時、ちゃんと杏果の話を聞いていたら。……こんなことにはならなかったかもしれない」

『痛い』と言いながら右手を押さえた杏果の姿が、頭にこびりついて離《はな》れない。杏果の響きのあるバイオリンの音。私まだ、しっかりと覚えている。

「……二か月、手、動かせないって。そのあとリハビリしても、もとのように楽器、弾けるかわからないって……」

喉の奥が苦しかった。どうして雨夜にこんなことを話しているのか、自分でもよくわからない。それでも、雨夜ならわかってくれるんじゃないかって、私の話を聞いてくれるんじゃないかって、心のどこかでそう思ってしまっていて。

杏果がなによりもバイオリンが好きなこと、人一倍努力家なこと、大好きな音楽ができなくなるつらさも、私が一番知っていたはずなのに。私は杏果から、一番大切なものを奪ったのだ。こんな最低な私のこと、誰が許してくれるというのだろう。

「那月が美須々さんのこと大切に思ってるのはわかる」

隣から、はっきりした口調で雨夜がそう言った。

大切に思ってる。大切な親友だと、心の底から思ってる。でも、杏果に対する嫉妬や劣等感を持っていたのだって、確かに事実で。

大好きで自慢《じまん》の親友。そう思っているはずなのに、杏果の決めた選択をちゃんと応援できなかった自分が本当に許せない。同時に、私をそうさせてしまった小さな嫉妬心も。

「……そんなにきれいな感情じゃない」

ダメだ、また八つ当たりしてしまいそう。杏果を傷つけてしまった時みたいに。

でも、これが事実なのだ。杏果に対する私の気持ちは、全然きれいなものなんかじゃない。私はすごく最低なんだ。

「きれいなんかじゃなくていいんじゃねえの」

「え……」

「人間なんてみんなそんなもんだろ。どれだけ仲がよくたって、信頼《しんらい》していたって、嫉妬もあるに決まってんだよ。きれいなだけの感情がすべてなわけがないんだ」

「そんなこと……」

「なあ、嫉妬ってさ、相手を尊敬しているからこそ生まれるものじゃねえの。相手のこと、うらやましいとかすごいとか、そういうふうに思ってるから生まれるものなんだよ。それって、そんなに悪いことなのか」

私になにか言う隙《すき》も与《あた》えず、雨夜は淡々と強い口調でそう言いきった。

杏果に対する小さな嫉妬心。いったいいつから、私はこんなことを思い始めてしまったんだろう。初めは純粋に、杏果のバイオリンが好きだった。同じ音楽をする仲間みたいなもので、杏果とクラシックの話をするのはすごく楽しかった。

でも、自分がピアノを弾くのをやめてから。楽しそうにバイオリンを弾く杏果の姿を見るのも、大好きだった杏果の奏でる音を聴くのもなんだか苦しくなって。……独りよがりで自分勝手な私。ピアノをやめたのは、自分が決めたことなのに。

ふと音楽室を見渡すと、さっきよりも濃《こ》いオレンジ色が教室内をあたたかく照らしていた。大きなグランドピアノの影は長く伸びて、開いた窓から吹《ふ》くやわらかな風がカーテンをそよそよと揺らしている。夏の終わりを感じるにおい。

「……ちょうどこれくらいの時間帯、杏果の部活がない日の放課後。よく、ここでピアノを弾いてた」

雨夜はなにも言わなかった。私は目を閉じて、杏果との日々を思い出す。

「私がピアノを弾いて、杏果はそれを本当にうれしそうに聴いてくれて……。家の防音室は狭いから、ここで伸び伸び演奏するのがすごく楽しかった」

昨日、夢で聴いたパッヘルベルの『カノン』は私の一番好きな曲だった。だって、ここでいつも杏果と二重奏をしていた曲だから。

「私ね、小さい頃から……本当に記憶がないくらいの小さな頃から、ずっとピアノを習ってたの。別に周りに比べてすごくうまいわけでもなかったし、コンクールで小さな賞を取ったのだって数回だけ。だけど、すごくピアノが好きだった。高校二年の夏までずっと、毎日欠かさずピアノを弾いてた」

もうピアノを弾かなくなって一年もたつ。けれどいまだに覚えているのだ。ピアノの蓋を開ける時の高揚感《こうようかん》、独特なあのにおい、鍵盤のなめらかさ、鳴った音の響き、うまくいかない連譜、書き込みだらけで真っ黒になった楽譜。

「杏果も同じだったと思う。私も杏果も、ずっと音楽をやってきたけれど、そこらで名前が通るような有名な演奏者じゃなかった。けど、私たちふたりとも、すごく音楽が好きで。……ここで杏果と一緒に演奏するの、本当に楽しかった」

杏果はどう思っていただろう。私のピアノと音を重ねる時、どう思っていたのだろう。私と同じような幸福感を、感じてくれていたのだろうか。

『ねえ、ピアノとバイオリンの二重奏で、いつか舞台に立とうよ』

そう言った杏果の言葉を思い出す。あれはたしか、高校二年の春だ。私がまだピアノを弾いていて、ふたりで放課後の音楽室に残っていた時。

杏果も私も夏のコンクールに向けて練習に励んでいた時だった。その時私は、親と『いつピアノをやめるのか』についてもめていて、精神的にとてもつらい時期だったと思う。

『大きな舞台じゃなくていい。本当に小さな、数十人お客さんが入れるような場所で。いつかふたりでリサイタルしたいな。それまでに私、那月のピアノに似合うバイオリン奏者になるから』

そうやって笑う杏果のこと、私は馬鹿だなあって笑った。だって、杏果のバイオリンに似合うようなピアノ奏者にならなきゃいけないのは私のほうだ。私たちは、お互いが奏でる音が大好きだったのだ。

「……うちも、杏果の家も親が厳しくて。私の親は、お兄ちゃんが受験に失敗したこともあって私にピアノをやめろって言った。杏果もそう。でも、結局やめたのは私だけ。杏果はちゃんと勉強とバイオリンを両立させて、ずっと音楽を続けてきた」

杏果の両親は共働きで、厳しいけれど同時に放任主義でもあったと思う。うちとは違う。私は杏果のように親に強くは言えなかった。思い出される、『夏のコンクールでいい成績が取れなかったら、ピアノやめなさい』というお母さんの言葉。

「いつ?」

「え?」

「ピアノやめたの、いつ?」

黙って私の話を聞いていた雨夜が突然尋ねたのでびっくりしてしまった。ピアノをやめたのは、高校二年の夏だ。

「高校二年の、夏。親にやめろって言われて。……やめなくてもいい条件をのめなかったし、私はそれに従った。失敗したお兄ちゃんを一番身近で見てきたし、勉強して自分の道を決めるのは、当たり前のことだから。好きなことをして生きていけるほど、人生は甘くない」

あの時のこと、本当は思い出したくない。胸の奥がぎゅっと締めつけられて、どうにかなってしまいそうになる。

「……なあ、那月、明日はどこに行きたい?」

「えっ?」

突然尋ねられた脈絡のない言葉に、思わず素っ頓狂な声をあげてしまった。

「明日のことだよ。那月が願えば、好きなところに行けるし、好きな景色が見られるんじゃねえのかな」

「どうしたの、いきなり。それに、まだそうと決まったわけじゃないけど……」

でも確かに。ピアノのリサイタルに行きたいと言った次の日、その言葉どおりの夢を見たし、今日だって願ってはいないけれど、頭に考えていた場所を夢に見ている。

「たぶんだけど、お前は深く考えすぎなんじゃねえかって俺は思うよ。勉強だってそうだけど、いろんなこと詰め込みすぎなんじゃねえの。たまに息抜きしたって、罰《ばち》はあたらねえよ」

びっくりした。だって、雨夜がそんなことを言うなんて想像もしていなかったから。私のことを気遣ってくれていたんだ。そして、私のために、『明日』の約束をしようとしてくれている。……とても意外だけれど、雨夜って実はすごく優しい人なのかもしれない。

「ははっ」

「なに笑ってんだよ」

「ううん、雨夜って案外優しいとこあるんだなって思って」

「……昨日は軽率にピアノを弾いてみればなんて言って、悪かったと思ってるんだ。那月のペースでいいのにな。急《せ》かすようなこと言って、ゴメン」

必死で言い訳を探《さが》そうとする雨夜がおかしくて、また笑えてきてしまう。同時に雨夜の優しさに胸の奥がぎゅっとなる。

「ありがとう、雨夜」

私が笑ってそう言うと、いつも無表情の雨夜の頬《ほお》が少しだけ赤くなったのが見えて、こっちまで赤くなってきてしまいそうだ。雨夜ってよくわからない。けれどきっと、全然悪い人じゃない。

「ねえ雨夜、私、明日は水族館に行きたい」

自然とこぼれてくる笑みとともに、数センチ先にいる雨夜へとそうつぶやく。別にどこだってよかったけれど、『息抜き』と聞いてとっさに思いついたのが水族館だった。もうずっと行っていないけれど、高校一年生の時、杏果と演奏会のあとに行ったことを思い出したのだ。あの静かでゆったりとした時間が流れる空間がすごく好きだった。

「……願ったら、行けるかな」

雨夜のほうは敢《あ》えて見なかった。黒いグランドピアノがオレンジ色の夕日に照らされて光っている。それはとてもきれいで思わず息をのむほどだ。

鍵盤に指をすべらせた時の感触《かんしょく》、力をこめた時の重さ、鳴った音の高さ、音が響く空気。本当は全部覚えている。全部、私の中にある。もう一生感じることのないであろう、音を奏でるという楽しさも、つらさも。

ぼんやりとピアノを見つめていると、突然とてもやわらかいピアノの音が音楽室に響いた。一音、また一音。独りでに鳴り始めるピアノ。

この音、わかる。——大好きなパッヘルベルの『カノン』だ。

「行ける」

隣から、声がした。

なぜだかわからないけれど、横を見ることができなかった。けれど、『行ける』というたったそれだけの言葉はたっぷりと水を含んだスポンジみたいに重みを増して私に届いた。

独りでに鳴り続けるピアノの音と雨夜の声が重なって、胸の奥がぎゅっとつかまれたみたいに鼻の奥がツンとする。雨夜の言葉はどうしてこんなにも私の心を揺さぶるのだろう。行きたいと願ったところへ次の日の夢で行けるなんて、そんなこと明日も起こる保証はどこにもないのに。

雨夜の声を、信じてみたくなる。

「それに、俺は明日も。……那月に会いたいと思ってる」

泣けてしまいそうなほどはっきりとした声だった。高くも低くもない、ちょうどいい高さの声。……雨夜の声。それは、水面に一滴《いってき》の水を落とした時の波紋《はもん》のように音楽室に広がって、私の胸はぎゅっと締めつけられる。

『明日』。あるかどうかもわからない『明日の夢』の話。

明日も夢を見て、雨夜に会って、願いどおり水族館に行けるなんてファンタジーじみたこと、ないかもしれない。四日も夢の中で雨夜に会っているけれど、また同じ夢を見るなんて保証はどこにもない。だけど。

明日も、雨夜に会いたいと、私も心の中で思ってしまっている。こんなの、どう考えたっておかしいけれど。

「……うん、明日も会おう、雨夜」

少しだけ声が震えていたこと、雨夜は気づいただろうか。気づいていないといい。だって今の私は、すごくカッコ悪いから。

「……もうすぐ夜が明ける」

雨夜がそう言った声を聞いて、私はゆっくりと目を閉じた。

｛木曜日｝

海月とアクアリウム

「なぁ那月、杏果、大丈夫なのか？」

二限目が終わったところで、前の席の晴太が勢いよく振り返ってこちらを向いた。

昨日休んでいたから、杏果が怪我をして一週間学校に来れないことを今知ったらしい。

「さあ……私もよく知らない」

曖昧に返事を濁《にご》すと、晴太は怪訝《けげん》そうに私の顔をのぞき込む。これはなにかを疑っている時の晴太の癖だ。

「一昨日《おととい》の喧嘩が原因？」

「……。次の授業移動だよ、遅れるよ」

ちえ、と声を出した晴太が前を向く。私はそこでやっとホッと胸をなでおろした。

サボり癖のひどい晴太だけれど、杏果がいないことを気遣ってか朝からずっと一緒にいてくれる。

「つーか、那月、顔色悪くない？」

「そう？」

「寝不足じゃねえの、目の下クマできてる」

寝不足、か。晴太が立ち上がって私を待っているので、私も次の化学の教科書を持って立ち上がる。どうやら化学室まで一緒に行く気らしい。

寝不足かと聞かれれば、そうなのかもしれない。でも、今朝の目覚めは思いのほか悪いものじゃなかった。ここ三日くらい、朝の目覚めが最悪で頭がとても重かったから、今日はずいぶんと気分がいい。

　昨日の夢の中で雨夜と交わした約束を思い出す。

『明日も会おう』と。私はそう言った。

　本当に会えるなんて思ってないけれど、昨日の夢の中で雨夜が話を聞いてくれて、言葉をくれて、なぜだか少し心が晴れたのだ。

「うんまあ……寝た気がしないって言えばそうなのかも」

「なんだそれ、また寝ないで勉強でもしてんのか？」

「いや、なんていうか、夢の記憶が鮮明すぎて寝た気がしないっていうか……」

「はあ？　夢？」

　廊下を歩きながら晴太にそう言ってみるも、馬鹿にしたように繰《く》り返される。これが自然な反応だろう、わかってる。私だって初めはただの夢だと思っていたし。

　けれど、なぜだろう。ただの夢のはずなのに、どこか現実的なのは。

「そういや、変な夢見るって言ってたな」

「うん、なんか……雨夜が、出てくるんだよね……」

「は？　雨夜？」

　小さな声でつぶやいたつもりだったけれど、晴太にはきちんと聞こえていたみたいだ。眉間《みけん》にしわを寄せて「雨夜って、うちのクラスの?」と続けて問いかけてくる。

「うん。もう四日くらい、雨夜の夢見てる」

別に言うつもりはなかったのだけれど、晴太にならいいか、と思って口をすべらせてしまった。晴太は一瞬驚いたようにもともと丸くて大きな目をさらに大きく見開いて、それからむすっと口をつぐんだ。

「なんだそれ。那月って雨夜と仲よかったか?」

「ううん、全然。話したこともほぼない」

「じゃあなんで」

「そんなの私が聞きたい」

夢の中での雨夜を思い出すけれど、やっぱり現実での雨夜とは全然違うと思う。同じなのは顔と背丈《せたけ》だけ。関わったこともないどころか、ほとんど話したこともないのだ。それこそ、昨日の帰り道で初めて現実の雨夜とあんなにたくさん話したくらいで。

「つうか、あいつ、女子と話してるとこなんてほとんど見たことねーよ」

「私だってだよ。でもなんでかわかんないけど、すごいリアルな夢なの」

晴太がますます眉間にしわを寄せて「意味わかんねえ」とこぼす。かわいらしい顔立ちをしているくせに、意外と口が悪くて短気の晴太。晴太は誰とでも仲よくなれるタイプだから、雨夜ともそれなりに関係があると思うんだけれど。そんなに不機嫌になることだろうか。それに、一番意味わからないのは私のほうなのに、晴太が不機嫌になる理由がわからない。

「……まあ夢枕《まくら》に立つっていうしな。なにか伝えたいことがあったんじゃねぇの」

夢枕に立つ、というのとは少し違う気がするんだけれど。これ以上晴太になにか言うのも違う気がして、「そうかもね」と適当な返事を返す。もうこの話題は終わり。晴太に話すようなことじゃなかった。

「つーかさ、那月、明日……」

晴太がなにか言いかけた時だった。前を見ていなかった私は、前方から足早に駆けてきた人物に気がつかなくて、思いっきり肩をぶつけてしまった。

「すみません！　私が前を見ていな……」

痛みを感じる右肩を左手で押さえながら、同じように左肩を右手で押さえた目の前の人物を視界にとらえた瞬間。——私は思わず息をのんだ。

なぜなら、目の前にいたのが、今ちょうど晴太と話題にしていた雨夜だったからだ。

「あ……」

言葉がなにも出てこなかった。クラスメイトとはいえ、ほとんど会話をしたことのない人物。それなのに、私だけが感じている親近感。雨夜は左肩を押さえた右手をおろすと同時に、顔をゆっくりと上げた。昨日よりも間近に、雨夜の顔を見た。

長い前髪からのぞく瞳の色。目線の高さ、背丈の印象。似ている。——夢の中の雨夜と、とてもよく似ている。けれど、思い出される。昨日雨夜が私のことを『宮川』と呼んだ声。あれは、夢の中で私のことを『那月』と呼ぶ雨夜とは全然違っていた。

「おい、那月。大丈夫か？」

隣にいた晴太に声をかけられてハッと我に返る。数秒だけれど、私は雨夜のことをじっと見つめていてしまったらしい。

「あ、ごめん……」

謝る相手は晴太じゃない。目の前にいる雨夜のはずだ。

けれど、雨夜は私のほうをじっと見つめていて。昨日とは違うその睨んだような鋭《するど》い視線に、鼓動が早くなる。毎日夢の中で会って会話をしているけれど、それは完全に私だけのもので、夢の中の雨夜は私がつくり出した幻想だって突きつけられている気がして。

数秒目が合っていたけれど、雨夜のほうが「ごめん」と言ってふいっと私から視線をそらした。まるで張りつめていた糸がプツンと途切れたみたいだ。

「おい雨夜ーちゃんと前見て歩けよー」

「ああ、ごめん」

「てか授業は？　今日化学室だぞ」

「教科書忘れたから教室に戻るだけ」

晴太と雨夜の会話を聞きながら、ドクドクとうるさい心臓の音が聞こえませんように、と願う。雨夜はそのまま、なにも言わずに私と晴太を通り過ぎていく。

「すげぇタイミングでぶつかるな」

晴太が通り過ぎていった雨夜の後ろ姿を見ながら不機嫌そうにそうつぶやく。私は、さっきまでの空気から解放されたことにホッと胸をなでおろす。手に汗を握っていたこと、今気がついた。

「てか時間やべーよ。走るぞ那月」

晴太がそう言って駆けだしたので、私もそのあとを追って駆けだす。心臓の音は、鳴りやむことを知らないみたいにまだドクドクといやな音を立てている。

現実の雨夜。初めて、あんなに間近で雨夜を見た。昨日隣を歩いていた時とは違った視線。容姿は雨夜なのに、私が知っている夢の中の雨夜とはずいぶんと印象が違って見えて気持ちが悪い。おかしい。私が知っている「夢の中の雨夜」のほうが偽物のはずなのに。こんなふうに考えてしまうのはどうかしている。

「……なあ、那月」

廊下を足早に駆けている途中。それはいやに真剣な声だった。

「なに？」

「さっき言いかけたことだけど」

「ああ……うん」

「明日、俺と杏果に会いに行こう」

言われた言葉に、思わず晴太のほうを向く。化学室はもうすぐそこだったので、どちらがなにを言うでもなくふたりともゆるゆると駆けていたスピードを落とした。授業には間に合いそうだ。

晴太はめずらしくすごく真剣な顔をしていた。サボり癖があって不真面目でお調子者で、いつも明るいくせして本当は周りのことをとてもよく見ている。意外と世話焼きな晴太のことだ、私たちのことだってなんでもお見通しなんだろう。

「お前らふたりになにかあったことくらいわかる。このままじゃいけないって、本当はお前が一番よくわかってるんだろ」

晴太は声も表情もとても真剣で、本気で言っているんだってことはちゃんと伝わってきた。

「明日の放課後。俺も一緒に行くから、逃げんなよ」

晴太はそう言って、私よりひと足先に化学室へと歩いていった。

＊＊＊

ひんやりとした空気を感じて、ゆっくりと目を開く。この感じ、わかる。きっとまたあの夢を見ているのだろう。

思ったとおり、目を開くとそこにはまぶしいほどの青い世界が広がっていた。独特の海のにおいとカルキのにおい。青いライトで照らされた照明は少し薄暗い空間にぼんやりと光り、壁《かべ》一面の大きなガラス張りに波打つ水面はキラキラして見える。

杏果と来たあの水族館、だ。

丸い、大きな空間。まん中に丸いベンチが置かれており、私の正面は一面大きな水《すい》槽《そう》、後ろは次のルートへつながる道へと続いている。たくさんお客さんはいるけれど、この間のリサイタルと同じで、顔は靄がかかってよく見えない。その様子がこれは夢の中だと示唆《しさ》している。

私はまん中にあるベンチに腰かけていて、服装はやっぱり制服。大きな水槽のガラス越しに見える美しい水の流れと、それに沿って泳ぐ名前も知らない小さな魚たちが、私を今にものみ込んでしまいそうだ。

これが夢の中だと確信を持ったところで立ち上がる。キョロキョロと辺りを見回すけれど、捜している背中は見つからない。

――『明日も、那月に会いたいと思ってる』

おかしいな、私。願った夢を見ていることを不思議に思うより先に、昨日の雨夜の言葉が一番初めに頭の中をよぎって、雨夜がいないことのほうを不思議に思っている。昨日、現実の雨夜と一緒に帰った時。今日、現実の雨夜と肩をぶつけた時。晴太に『杏果に会いに行こう』と言われた時。私。思ってしまったんだ。

夢の中の雨夜に会いたい、と。

こんなことを思ってしまった私はとても単純で、そして馬鹿なのかもしれない。けれど、そんな感情を自分で抑えるほうが難しかった。

人であふれる空間をゆっくりとかき分けて歩いていく。冷たい空気を感じて、まるで水の中にいるみたいだと錯覚《さっかく》する。

水族館なんて、杏果と演奏会のあとに行った時以来だ。小さな頃は、両親とお兄ちゃんとよくいろんなところに出かけていたな。まだお兄ちゃんが両親の大きな期待にいやけがさす前。その期待が、私に降りかかる前の話だ。水族館も、映画館も、遊園地も。……もうずいぶんと前の記憶だけれど。

ゆっくりと歩いていたつもりだったけれど、意外とベンチと水槽の間の距離は近かった。人をかき分けた先にあったその大きな水面を目の前にして、私は一度ぐるりと首を回した。

なんて大きくてきれいな水面なんだろう。

まるで私まで気持ちよく泳ぐ魚になったような気分だ。水の断面を見せるということを初めに考えた人は本当にすごいと思う。思わず息をのむほどの、幻想的な世界。数秒、この美しくておだやかな空間に見とれていた。ふと、隣にはっきりとした人の気配を感じて横を向く。

いつの間にか、そこには私と同じように青い水面を見上げる雨夜の姿があった。

「……雨夜」

私が小さく声をもらすと、顎を上げていた雨夜の横顔がゆっくりとこちらに向く。

「ほら。また、会えたろ」

ドクンと心臓が鳴ったのは気のせいだろうか。青く光る照明に照らされた雨夜の顔が、いつもよりずいぶんと優しく見えたせいかもしれない。今日、肩をぶつけた時の雨夜の視線とはやっぱり違う。

「本当に会えるなんて、思ってなかった」

嘘《うそ》。本当は、今日も会えるんじゃないかって期待していた。

なんだか雨夜の顔をそのまま見ていられなくて、ふと目をそらす。流れる水のかたまりを見ているフリをして。雨夜が人の目をじっと見つめながら話すこと、最初はなにも思わなかったけれど、今はなんだか少し胸が苦しくなる。彼の癖なんだろう。

「ちゃんと水族館、来れたろ」

チラリと目だけで横を見る。私が目をそらしたからか、雨夜は再び顔を上げて水面へと向きなおっていた。両手をポケットに突っ込んで、広い青の世界を見上げる彼の背中は、今日はきちんと伸びている。

「懐かしいな。本当に来れるなんて」

私も前に向きなおって、そう話題を変える。

「……俺は、初めてだけどな」

「え？」

「水族館なんて、来たことなかった」

びっくりした。水族館なんて、誰もが一度は訪れたことのある場所だと思っていたから。

「魚とか、嫌いなの？」

「いや、別に。なんとも思ってねぇよ」

そこまで聞いて、なんだか少し胸の奥がざわつく。だって、思えば私、雨夜のことをなにも知らない。現実世界の雨夜と、私がつくり出した夢の中の雨夜。同じ人のようで別人の彼のこと、私はなにも知らない。

「……なんとも思ってなかったけど」

雨夜の声が、少し揺れたと思った。私は再び雨夜のほうに顔を向ける。雨夜は青い世界を見つめたまま。

「意外ときれいなんだな、命が動いてるのを間近で見るっていうのは」

声が出なかった。安易になにかを言えるような口調じゃなかったからだ。

雨夜のこと、変わってるって思っていたけれど。……本当は、私なんかが踏み込んでいいような人じゃないのかもしれない。まったく関わりのない雨夜をこうして毎晩夢に見ること、晴太が言っていた『夢枕に立つ』ということと少し似ている気がして。

今までなにも考えなかったけれど。

やっぱり意味があるのだろうか。私の夢に、こうして雨夜が出てくること。

「私、魚になりたいって時々思うことがある」

「魚になりたい？」

「うん。家の玄関に金魚鉢《ばち》があるんだけど、そこで泳ぐ金魚を見て思うの。……こんなふうに、自由に生きれたら、って」

ガラスにそっと指をすべらせる。ひんやりと冷たかった。指先から青い水が私の中に流れてくるような錯覚を起こすくらい。

「……大好きなピアノをやめたこと、本当はすごく後悔してる」

それは、今まで一度も話したことのないこと。話すつもりなんてなかったのに、なぜだか口からぽろぽろとこぼれ落ちてゆく。それは、この水の中がすごくきれいなせいかもしれないし、雨夜がなにも言わないで聞いてくれることに安心感を覚えているからかもしれない。

「高校二年の春。親に言われたんだ。『夏のコンクールでいい成績が取れなかったら、ピアノやめなさい』って」

私が高校二年に上がる頃。兄は受験に失敗して、第一志望どころか第四志望の大学にしか受からなかった。それを、うちの両親はなぐさめるでも悲しむでもなく、あきらめたように静かにお兄ちゃんへの期待を私へとすり替えたのだ。ふたつ上のお兄ちゃんが大学受験に失敗したのは、お兄ちゃんが大好きな野球をずっと続けていたからだと母も父も信じてやまなかった。

「お兄ちゃんが受験に失敗したこともあって、私はその言葉にうなずくことしかできなかった」

「……」

なにも言わない雨夜に、私は言葉を続ける。

「ねえ雨夜、才能って本当にあると思う？」

「才能？」

「うん。……私はね、才能って本当にあると思うんだ」

才能、という言葉はとても非現実的で、けれどとても現実的な、矛盾した言葉だと私は思う。だって、人間は平等なんて言葉、本当は嘘だからだ。

才能というのは確かにある。それは、本当に努力した人間にしかわからないだろう。『才能なんてない、みんな初めは同じだ』という言葉なんてもうとっくの昔に信じることをやめた。事実、生まれ持った才能ほど強いものはないのだ。それは、私がずっとピアノを続けてきて、血のにじむような努力をしてきたからわかること。

確かに、最初に才能があってもそこからの努力なしではなにも得ることはできないだろう。けれど、ピアノで言えば鍵盤を指で押した時の最初の一音。才能のある人というのは、誰に教えられるわけでもなく、その〝一音〟にすでに魅力があるのだ。

お兄ちゃんも、私も、杏果も。才能がある人間じゃなかった。けれどお兄ちゃんは野球が、私はピアノが、杏果はバイオリンが。……とても好きだった。「こえられない壁」を見た時感じる絶望感を味わっても、うまくいかないつらさを体験しても。それでもやめられなかった。やめられないほど、好きだった。

必死に練習した。お母さんに認められたかった。自分自身で結果を残したかった。毎日毎日ピアノと向き合って、指が痛くなるくらいピアノを弾いた。お小遣いはプロのリサイタルに行くことと楽譜を買うことに使った。大好きなピアノを続けたくて、ずっと弾いていたくて、真っ白な楽譜が書き込みで真っ黒になるまでその曲を研究して。毎日毎日、ピアノを弾いていた。ピアノを弾くことが私の生きがいだった。

けれど、コンクールでいい演奏をしなくちゃいけない、いい結果をとらなくちゃならない、と思いながら弾いたピアノがきれいな音を奏でてくれるわけもなかったのだ。

高校二年の夏のコンクールで、私は上位入賞どころか自分の納得のいく演奏さえできなかった。そのあと、案の定『ピアノをやめなさい』と言った母親に『どうしても続けたい』と食らいついた私だけれど、お母さんはひどく困った顔をして、『才能がないのに、どうして続けるの？』と吐きすてた。あの時のこと、私きっと一生忘れることなんてできないだろう。

でも実際、そのとおりだった。

ピアノを続けて、音楽で食べていけるわけじゃない。そんなのごく一部の人間だけ。大好きで大好きで仕方なかった。ピアノを弾いている時間が自分にとってなにより幸せな時間だった。こんなに夢中になれるもの、ほかにないと思っていた。

けれど、それを続ける理由が、意味が、私には見あたらなかった。

お母さんが『やめなさい』と言った言葉にしぶっていた私だけれど、コンクールのあと、夏の演奏会でステージに立った時。

『才能がないのに、どうして続けるの？』――そう言ったお母さんの声が耳から離れなくて、鍵盤に置いた指先は震えて少しも動かなかった。

最後のチャンスだった。最後のステージだった。最後の、ピアノだった。

それなのに、私の指先は動かない。当然ピアノの音は鳴らない。真っ白になる頭の中と、弾けない私を見て騒がしくなる観客席。雨夜との夢の中で、私がピアノを弾けなかった時と同じ。──私はピアノを弾けなくなってしまった。

「……しょせん私は、ピアノが好きな一般人《いっぱんじん》を抜け出せなかった負け組なのかもしれない」

ははは、と自嘲《じちょう》ぎみに笑って話し終えると、雨夜がこっちを見ていた。

「俺は、そうやってなにかに必死になれることも才能だと思うけどな」

まっすぐ向けられた嘘のない瞳は私のことをしっかりととらえている。雨夜はどうしてこうも、私の気持ちを揺らがせるのだろう。

あふれてきそうななにかを押し殺して、必死に息を吐く。

「……ねえ、せっかく水族館にいるんだし、全部見ようよ」

「全部？」

「うん。館内全部回ろう」

突然の私の言葉に、雨夜は「しょうがねえな」とこぼす。けれどその口調が案外いやそうじゃないこと、私にはわかった。

人の流れと順路に沿って私たちは歩いた。壁面に設けられているたくさんの水槽をひとつひとつ見ながら。

薄暗くて肌寒い空間はおだやかで、まるで時間がゆっくりと流れているみたいに思える。水の中みたいだ。

雨夜は興味なさそうにしているけれど、どの水槽もじっくりと見つめているところを見ると、純粋に楽しんでくれている気がして私も楽しい。

順路どおりに順調に進んでいたのだけれど、ふと横を見ると雨夜がいないのでキョロキョロと辺りを見回す。数個先の小さな水槽をじっとのぞき込んでいる雨夜の姿を見つけて、思わず頬がゆるんだ。

「なに見てるの？」

「海月《くらげ》」

ゆっくり近づいて後ろから声をかけると、即答《そくとう》でそう言うものだから笑えてきてしまう。

ふわふわと宙に浮くように泳ぐ半透明《はんとうめい》の海月。青い世界にそれはピッタリで、名前のとおり海に浮かぶ月のようで幻想的だ。

「海月って、プランクトンの一種なんだな。しかも、海に月って書くこと知らなかった」

「へえ、そうなの？」

　雨夜が興味深そうに説明のプレートまでのぞき込んでいるのを見て、私も興味が湧いた。海月を「海月」と書くことは知っていたけれど、プランクトンだということは知らなかった。雨夜って意外と、魚みたいなものよりこういうかわいいものが好きなのか。

「……那月に似てる」

「え？　海月が？」

「ああ。名前とか」

　なんだそれ。さっきも思ったけれど、雨夜の考え方って独特だ。名前が似てるなんて、「月」という漢字が同じなだけじゃないか。

「まあ似てるっていえばそうかもしれないけど……」

「海に浮かぶ月みたいだからこの漢字にしたんだろうな」

「うんまあ、そうかもね」

　本当のところはどうか知らないけれど、きっとそうだろう。少なくとも、私と雨夜には海に浮かぶ月のように見えているのだ。

「……つかみどころがなくて、手が届かない。海月も、月も。……那月に似てる」

　思わず雨夜のほうを見た。

　なにを言えばいいのかわからなかったけれど、返事は求めていなかったのか雨夜はじっと海月を見つめることをやめなかった。

『つかみどころがなくて、手が届かない』

——それが、雨夜が私に持っている印象なのだろうか。喉の奥がきゅっと締めつけられて、変な気分だ。だって、そんなものとはほど遠いと私は思う。

「……私は、雨夜はシャチみたいだと思うな」

海月からやっと目を離して歩きだす。もうほとんど見終わっただろうか、一周してさっきの場所へと戻る道順だ。

「シャチ？」

隣を歩く雨夜がそう繰り返す。

「うん。シャチってさ、海の中で一番強い生物なんだって」

それはなにかの番組で見た話だ。この館内にはシャチはいなかったから。

「それがなんで俺になるのかわかんねえな」

頭がよくて、強くてたくましい。それはとても、夢の中の雨夜に似ていると思うんだ。美しい見た目もそうだけれど。

館内を一周して、一番初めにいた円の形をした空間へと戻ってきた。ここが一番の見せ場なのだろう、壁一面に広がった水槽はやはりここが一番大きいみたいだ。少なくとも雨夜の身長の三倍はあると言っていいほどの高さと曲線の壁一面に広がる青の世界。見上げてくるりと見回しても、一回じゃ到底物足りない。

「――あれ」

さっきは小さな魚の大群が水の流れに沿って泳いでいた水槽に、今度はとても大きくて美しい生き物がいる。もしかして、と思って近づくとやはりそうだった。

――シャチだ。

「さっきはいなかったのに……」

私がシャチを見たいと思ったから変化したのかもしれない。

「きれい……」

思わず声が出た。青い水の中をゆっくりとさまようその姿が、とても優雅で美しいと感じて。

いつの間にか周りの人がいなくなっている。まあ、いても顔も見えなければほとんど気配も感じないから、どのみち同じなのだけれど。

「これのどこが俺なんだよ」

「そんなこと言ったら、私が海月っていうほうがどうかしてる」

そういうと、雨夜がふと頬をゆるめて笑った。「なんだそれ」ってそう言って。

私の心臓が音を立てて鳴り始める。だって、初めてかもしれない。雨夜が私に向かってこんなに優しい顔で笑ったこと。

「やっぱり、雨夜はシャチだよ」

まだ言うのかとでも言うように雨夜が頬をゆるめながらこちらを向いた。私は真剣に、雨夜の瞳を見つめる。雨夜が私の目をまっすぐ見つめる時のように。

「強くて、頭がよくて、……私のこと、導いてくれる」

それは本心だった。だって、雨夜が言う言葉はいつも的を得ていて、本当は私、雨夜の言葉にとても救われていたんだ。

『人間なんてみんなそんなもんだろ。どれだけ仲がよくたって、信頼していたって、嫉妬もあるに決まってんだよ。きれいなだけの感情がすべてなわけがないんだ』と言った、雨夜の言葉に。『嫉妬ってさ、相手を尊敬しているからこそ生まれるものじゃねえの。相手のこと、うらやましいとかすごいとか、そういうふうに思ってるから生まれるものなんだよ。それって、そんなに悪いことなのか』という、雨夜の考え方に。

……本当はすごく、救われていて。それでいてとても、雨夜のことがまぶしかった。

けれど、雨夜は私の言葉を聞いたとたん表情を曇《くも》らせた。ゆるめていた頬はいつものように戻り、長い前髪からのぞいた瞳から色が消える。

「俺は、誰かの憧《あこが》れになれるような人間じゃない」

はっきりとした口調だった。さっきまですぐそばに感じていた雨夜が、突然遠くへ行ってしまったような感覚。物理的な距離はなにも変わっていないというのに。

「……どうして？」

指先が震えていた。雨夜の、踏み込んではいけない部分に触れてしまった気がして。

「那月が思ってるような人間じゃねえよ、俺は」

「なにそれ……意味わからないよ、雨夜」

雨夜が前を向いて、顔を上げる。見上げた先に広がる青い世界で気持ちよさそうに泳ぐシャチ。

「……いや、もしかしたら、似てるのかもしれねえな」

「え？」

「こんなに狭い場所に閉じこめられて、いつまでも逃げられないでいる。コイツは俺と、似てるのかもしれない」

どういう意味だろう。

水槽にいる魚を見て、こんなふうに自由に泳いでみたいと思う私と、狭い場所に閉じこめられたと思う雨夜。感じ方の違い、考え方のズレ。私は黙って、雨夜の次の言葉を待った。

「消えない罪を、俺はいつまで抱えていればいいんだろうな」

静かな、……静かな声だった。

なにも言えない私をよそに、今度は雨夜がシャチの泳ぐ水槽のガラスへと指を馳せる。ゆっくりと透明なそれをすべっていく雨夜の指先を、私は目線だけで追いかける。

なんの音もしない。私と、雨夜の呼吸の音以外。

「雨夜、この間、私に言ったよね」

「この間?」

「ピアノのリサイタルに行った夢の時。夢の中でなら、誰にも邪魔されない、って」

雨夜の、触れてはいけない部分に触れてしまうかもしれない。けれど、こんなふうに自分のことを少しだけ話してくれた雨夜が、私はとても大切に思える。

いつも私に言葉をくれる雨夜に、私だって、なにかを返したい。たとえこれが、夢の中で私がつくり出しただけの存在だとしても。

「雨夜がなにを抱えてるのか私にはわからないけど……ここは、私の夢の中だから」

雨夜が私を見る。私も、まっすぐ雨夜を見ていた。

「ここが、雨夜の逃げ場になればいいって、私、そう思う」

雨夜が目を丸くして、そして笑った。はは、と声を出して笑う雨夜に、そんなふうに笑うんだ、と胸の奥が熱くなる。

「ど、どうして笑うの」

「どうしてって、うれしいから。那月がそう言ってくれて」

初めて夢の中で雨夜と会った時より、確実に近くなった距離と変わっていく自分の気持ちがなんだかくすぐったい。雨夜のこんなふうに笑った顔、きっと私しか知らないだろう。だって現実の雨夜は、いつも口もとだけを少しゆるませる程度で、心から笑っているという感じがしないのだ。

「……意外と素直なんだね、雨夜」

「いや、今だけだ。忘れて」

ちょっと恥ずかしそうに口もとを手で隠した雨夜のこと。見ていたら私も笑えてきてしまう。そんな私を見て「笑うなよ」といつもどおりの表情に戻った雨夜。意外とかわいいところがある。

「なあ、那月」

さっきまで笑っていたのに、突然名前を呼ぶから私も笑いが止まった。「なに？」と聞くと、ゆるんでいた顔を真剣な表情に戻した雨夜が私を見た。

「……美寿々さんに、明日会いに行くんだろ」

その言葉にびっくりした。だって、どうして雨夜がそのことを知っているのだろう。それに、私はまだ行くと決めたわけじゃないのに。

驚く私を見て、雨夜は「俺はお前がつくり出した幻想なんだから、それくらい知ってる」とつぶやいた。そういうものなのだろうか。

「……まだ、行くって決めたわけじゃない」

「どうして……」

私が、怪我をして病室で眠る杏果に会いに行ったとして。……なにが変わるというのだろう。なにを、言うというのだろう。なにも変わらない。私が杏果に言った言葉も、杏果の怪我も、なにもかもがもう遅いのだ。過去を変えることなんてできないし、それをつぐなう勇気も覚悟《かくご》も、最低な私にはない。どうしたらいいかなんて、わからない。

それに、杏果だってこんな私に会いたいだなんて、思っているはずがないじゃない。

「なあ那月」

落ちついた、それでいてとても真剣な声だった。息をするのも億劫なくらい、雨夜の声は冷たくこの空間に響く。雨夜はガラス越しの水面をなぞるように、水槽に指をすべらせる。

「こんなこと、俺が言える立場じゃないのはわかってるけど」

どこか遠くを見るように、水槽の表面をすべる雨夜の指先がピタリと止まる。目線は上に上がって、ゆったりと泳ぐシャチへと視線を向けた。

まるで雨夜の言葉を促《うなが》すように、水中のシャチが大きく一回転して、跳ねた。音はしない。けれど水しぶきは、水槽の一番上に飛んだ。

お手数ですが
切手をおはり
ください。

郵便はがき

104-0031

東京都中央区京橋1-3-1
八重洲口大栄ビル7階

スターツ出版（株）　書籍編集部
愛読者アンケート係

（フリガナ）
氏　　名

住　　所　〒

TEL　　**携帯／PHS**

E-Mailアドレス

年齢　　**性別**

職業
1. 学生（小・中・高・大学（院）・専門学校）　2. 会社員・公務員
3. 会社・団体役員　4. パート・アルバイト　5. 自営業
6. 自由業（　　　）　7. 主婦　8. 無職
9. その他（　　　）

今後、小社から新刊等の各種ご案内やアンケートのお願いをお送りしてもよろしいですか？
1. はい　2. いいえ　3. すでに届いている

※お手数ですが裏面もご記入ください。

お客様の情報を統計調査データとして使用するために利用させていただきます。
また頂いた個人情報に弊社からのお知らせをお送りさせて頂く場合があります。
個人情報保護管理責任者:スターツ出版株式会社 販売部 部長
連絡先:TEL 03-6202-0311

愛読者カード

お買い上げいただき、ありがとうございました！
今後の編集の参考にさせていただきますので、
下記の設問にお答えいただければ幸いです。よろしくお願いいたします。

本書のタイトル（　　　　　　　　　　　　　　　　　　　　）

ご購入の理由は？　1.内容に興味がある　2.タイトルにひかれた　3.カバー（装丁）が好き　4.帯（表紙に巻いてある言葉）にひかれた　5.あらすじを見て　6.店頭のPOPを見て　7.小説サイト「野いちご」を見て　8.友達からの口コミ　9.雑誌・紹介記事をみて　10.本でしか読めない番外編や追加エピソードがある　11.著者のファンだから　12.イラストレーターのファンだから　その他（　　　　　　　　　　　）

本書を読んだ感想は？　1.とても満足　2.満足　3.ふつう　4.不満

本書のご意見・ご感想をお聞かせください。

1カ月に何冊くらい本を買いますか？
1.1～2冊買う　2.3冊以上買う　3.不定期で時々買う　4.ほとんど買わない

本書の作品をケータイ小説サイト「野いちご」で読んだことがありますか？
1.読んだ　2.途中まで読んだ　3.読んだことがない　4.「野いちご」を知らない

読みたいと思う物語を教えてください　1.胸キュン　2.号泣　3.青春・友情　4.ホラー　5.ファンタジー　6.実話　7.その他（　　　　　　　　　　　）

本を選ぶときに参考にするものは？　1.友達からの口コミ　2.書店で見て　3.ホームページ　4.雑誌　5.テレビ　6.その他（　　　　　　　　　　　）

スマホ（ケータイ）は持っていますか？　1.持っている　2.持っていない

学校で朝読書の時間はありますか？　1.ある　2.昔はあったけど今はない　3.ない

文庫化希望の作品があったら教えて下さい。

学校や生活の中で、興味関心のあること、悩みごとなどあれば教えてください。

いただいたご意見を本の帯または新聞・雑誌・インターネット等の広告に使用させていただいてもよろしいですか？　1.よい　2.匿名ならOK　3.不可

ご協力、ありがとうございました！

ゆっくりと、雨夜を見る。同時に、雨夜も同じ速度で、私のほうを見ていた。

じっと真剣に瞳を見つめる雨夜の癖。それがこんなにも、いとおしく思えていることと。……雨夜はなにも、知らないだろう。

「生きている人間となら、何度だってやりなおせる。背負わなくていい後悔なんてするな」

まっすぐに私を見つめる嘘のない雨夜の瞳が、私の心臓をぎゅっとつかんだみたいに思えた。

心臓がドクドクと変な音を立ててうるさい。見つめ合ったまま動かない私たちを見ている人は、ここには誰もいない。

雨夜のこと。私はなにもわからないし、なにも知らない。それが現実世界の雨夜とは全然違うようなことでも、今目の前にいる雨夜はきっとなにかしらの大きな知られたくない部分を抱えているのだろう。

けれど、わかりたい。雨夜のこと。わかってあげたい。今、目の前にいるとても大切な人のこと。

涼《すず》しい風と冷たい空気。独特の海と薬品のにおい。薄暗い室内、それを照らすぼんやりとした白い光と青いライト。冷たく汗をかいたガラス、流れる水の断面、そこに優雅に浮かぶ美しいフォルムのシャチ。

——呼吸をする音が、聞こえた。

私の、息を吐く音。雨夜の、空気を吸う音。そしてどこからか、いつか杏果と弾いた『カノン』が静かに流れ始める。未熟で、未完成で、拙《つたな》くて。……けれどとても軽快で、愉快《ゆかい》で、優しくて、頼《たの》もしい。私と杏果にしか奏でられない音。つくり出せない、音楽。

「……杏果との、ことだよね」

雨夜がゆっくりうなずく。そして、「ピアノのことも」と静かにつけ足す。

晴太が『明日、杏果に会いに行こう』と言ったことを知っていて、雨夜は私に言葉をくれている。大好きな杏果に本当は謝りたいことも、大好きなピアノをもう一度弾きたいことも、雨夜は全部わかっているのだ。全部、わかってくれているのだ。

——『背負わなくていい後悔なんてするな』。

背負わなくていい後悔。私が踏み出せば、なにか変わる？　杏果に、私のこの複雑な気持ちをきちんと言うことができる？　ピアノを、もう一度弾くことができる？

なにも言えない私をじっと見つめながら、雨夜が私に手を伸ばして——止めた。頬に触れそうになった雨夜の指先はゆっくりとおろされる。雨夜は私のことをじっと見つめていた。

「那月には、後悔してほしくない」

「雨夜……」

「美寿々さんのことも、ピアノのことも。……那月なら大丈夫」

力強い、言葉だった。

雨夜の瞳を見る。こんなに心強い『大丈夫』という言葉がほかにあるだろうか。杏果と喧嘩したことも、私の理不尽《りふじん》で自分勝手な気持ちも、ピアノが弾けなくなったことも、全部知っていて、それでも私に『大丈夫』と言ってくれる。

雨夜。私、夢の中で雨夜に会えたこと、運命なんじゃないかって思うよ。

「ありがとう、雨夜。……私、ちゃんと向き合いたい」

そう言った瞬間、雨夜の口もとがふっとゆるんだ。その瞬間、ぐらりと視界が揺れて急な眠けに襲われる。夢が覚める瞬間だ、と意識的に感じた私はまぶたが完全に閉じる前に雨夜を見た。

『がんばれよ』――雨夜の口もとは、そう動いた気がした。

金曜日

緩衝トライアングル

寝起きは今日もあまりよくなかった。

朝、いつものように登校するとめずらしく晴太がすでに教室にいて、私の姿を見つけると待ってましたと言わんばかりに「那月」と話しかけてくる。

私はそれを聞き流しながら、ふと斜め反対側の雨夜の席を見る。雨夜はいつも学校に来るのが早い。現実世界の雨夜の後ろ姿を見て、昨日の夢を鮮明に思い出す。

雨夜はなにか抱えている。『消えない罪』と言っていた雨夜の事情を、少しでもわかってあげたいと思ってしまう。雨夜が、私のことをわかろうとしてくれるみたいに。

夢の中の雨夜と現実世界の雨夜が同じかどうかなんて、わからないけれど。

「おい那月、俺の話聞いてんの？」

「え？　ああ、ごめん、なに？」

「全然聞いてないじゃん？　ちゃんと聞けよ。今から杏果に会いに行くぞ」

「ああ、うんわかった……って、え？」

突然の晴太の言葉にびっくりする。だって今日はまだ金曜日だ。もちろん今から早朝課外があって、そのあとは普通に授業を受けなくちゃいけない。

「こんな時に授業やってる場合かよ」

「授業サボるのはさすがに……」

「那月、お前最近全然授業集中できてないじゃねーか。昨日だってそうだった。お前が勉強がんばってるのは知ってる。でもな、こんな時に身にならない勉強してなになるんだよ」

無駄に成績のいい晴太に言われると、言い返す言葉もなかった。それに、昨日の夢で雨夜が言った言葉を思い出す。

『大丈夫』だと、雨夜は私にそう言ってくれた。

「……わかった」

静かにそう言うと、晴太が満足そうにうなずく。

「私、杏果に、会いに行く」

杏果の病院までの道のりは晴太が全部調べてくれた。杏果が怪我をした日は、先生の車で行ったからわからなかったけれど、すぐに行ける距離ではなかった。学校からバス停まで徒歩十分。バスを乗り継いで三十分。

学校を無断欠席していることには罪悪感が残るけれど、杏果のためと思えば仕方ない。バスに乗り込むと時間が早すぎるのか人はまばらにしかいなかった。私と晴太は一番後ろの席に隣同士で座った。

思い返せば、晴太とふたりっきりというのは今まであまりなかったかもしれない。いつも私たちは三人でいたから。

「ねえ、晴太って、雨夜と仲よかったっけ」

「はあ?」

なんだ突然、とでも言うように晴太が眉間にしわを寄せた。なにか話題を、と思ってとっさに出てきたのが雨夜だったんだ。話題ミスかもしれない。

「いや、ごめん、なんでもない」

「なんでもなくないだろ」

「そんなこと……」

「まだ雨夜の夢見てんの?」

心底意味がわからないといった表情で私の顔を見る晴太。私はそれを見返して、静かにうなずく。こんなこと、信じてもらえるなんて思ってないけれど。

「……まあ普通に話すけど、変わった奴だよ、あいつは」

「変わった奴?」

「変わった奴っていうか、どこか冷めてるっていうか、あきらめてるっていうか……。自分のことなにひとつ話さないし。男子の集まりにも一回も来たことない」

どこか冷めていて、あきらめている。それは、私が現実世界の雨夜を心から笑っていないと感じることと同じなんじゃないかと思う。

「ああ、でもそういえば、山下が前に変なこと言ってたな」

「変なこと？」

山下さんといえば、杏果が『学年一位』だと言った数学は毎回満点のクラスメイトだ。実は高校一年の時からずっと同じクラス。特別仲がいいわけではないけれど、気軽に話すことができる関係。

「いつだったか忘れたけど、高校二年くらいの時、『あの子の名前ってなんですか』って那月のことを雨夜に聞かれたって。その時はなにも思わなかったから忘れてたけど、三年になって雨夜と同じクラスになって思い出したーってな」

驚いた。

だって、どうして雨夜が？　同じクラスになったのは高校三年生になって初めてで、それ以前はお互い存在も知らなかったはず。――雨夜は私のことを知っていたの？

現実世界の雨夜と夢の中の雨夜がごっちゃになってくる。おかしい。現実の雨夜となんてほとんど会話もしたことないはずなのに。

「……気になるのか？　雨夜のこと」

ふと横を見ると、いやに真剣な顔をした晴太が私を見ていた。いつも明るくてお調子者のくせに、時々晴太はこうやって真面目な顔をする。

「こんなこと、信じてもらえないと思うけど……。夢の中で、私雨夜にたくさん救われた。だから、雨夜のこと、もっと知りたいって、そう思ってる」

私の言葉を聞いた晴太が、少しだけ黙って。そしてゆっくり、口を開いた。

「……那月がそんなこと言うなんてな」

「そんなことって」

「ベンキョーばっかしてると思ってたのに」

冗談《じょうだん》のように笑いながら晴太はそう言うけれど本心では笑っていないみたいに見える。じっと見つめられた視線から逃れることなんてできなかった。けれどそのまなざしは、今の私にとってすごく痛い。

勉強ばっかりだって、自分でもわかってる。でも。

「……晴太にはわからないよ」

「は？」

「もともと頭がよくて、授業だってサボってもいい成績が取れて。杏果だってそう。大好きなバイオリンをやめずに勉強だってできて。……私とは違う」

N大に入りたいという、その気持ちは確かだ。けれど理由がない。お兄ちゃんが受験に失敗した時の、あの母と父の顔をもう一生見たくないと、そう思って勉強してきただけで。

ピアノだって本当は、……やめたくなんてなかった。やめなくちゃならなかった。

晴太の瞳はゆらゆらと揺れていた。私がこんなことを言うだなんて、想像もしていなかっただろう。

「もともと頭なんてよくねーよ、俺は」

晴太の言葉に顔を上げる。まっすぐ前を見ていた晴太は、私のほうはいっさい見ないでそうつぶやく。

「……代々医者の家系で、もちろん、先生たちもこんなにサボったり不真面目な俺を許してくれる程度には裕福で権力のある家だってわかってる。そこに甘えて生きてるしな。でも、俺だってなにもしてないわけじゃない。学年十位以内に入らなきゃ即退学。日々そう言われてる。学校じゃ寝てるだけだけど、家ではひたすら参考書や医学書とにらめっこしてるよ。参るよな」

驚いた。だって晴太が自分の話をすることなんてほとんどないから。

「それに、兄ちゃんはすげえ優秀でさ。家を継げるのはひとりで、そんなの戦う前から兄ちゃんだってわかってるのに。……なんのために勉強してんだって、時々思う。兄ちゃんのこと、憎みたいわけじゃないのに、どっかでねたんでる自分にもいやけがさす」

どこか遠いところを見るような目で話す晴太のこと。……私、なにもわかってなかったんだ。なにも知らないで、勝手に決めつけて。

みんな、なにかを抱えて生きているのかもしれない。私も雨夜も、晴太も、杏果だって。

「……ねえ晴太、私ここのところずっと同じ夢を見てる」

「ああ、雨夜が出てくる夢だろ」

「うん。私夢の中で、雨夜とたくさん話した。その中でね、雨夜が言ったの。『相手を尊敬しているからこそ、嫉妬は生まれる』って」

それはきっと、右手を負傷した杏果とのことを言っているんだろう。

晴太の目が丸くなった。私も、自分がなにを言っているのかわからない。けれど、晴太がお兄さんに感じている想いは、それに近いのかもしれない。

私は、胸の中にあるこの想いごと全部、吐き出してしまいたかった。

「杏果のことも、晴太のことも。……心のどこかでずっと、うらやましいと思ってた」

晴太はなにも言わなかった。心臓が苦しくて、声は震えているかもしれない。

うらやましくて、ねたましくて、憎かった。なんでもできる杏果のこと。自分の好きなことをしながら生きている人たちのこと。……だけど、大好きで大切で、尊敬していたからこそ、黒い気持ちが生まれたのかもしれない。

「なんで私の夢の中に毎日雨夜が出てくるのかわからないし、しょせん夢の中だけでの話かもしれない。けど、雨夜と話して、私の中で変わったものもある」

そうだ。現実と夢の中がリンクしているのなんて本当にたまたまで、現実世界の雨夜はこんなこと、望んでなんていないかもしれない。けれど、昨日夢の中で思い出した、杏果のバイオリンと私のピアノが重なる音。……私、まだしっかりと覚えている。

「雨夜が言ってた。『生きている人間となら、何度だってやりなおせる。背負わなくていい後悔なんてするな』って。それって、私と杏果のことだよね」

まっすぐに、晴太の瞳を見る。

「晴太のことも、杏果のことも。……私、本当はすごく、大好きなんだ」

「……知ってる」

泣きそうな私を見て、晴太があきらめたように笑った。

「お前が雨夜に救われてるのはよくわかったよ。だから後悔する前に、杏果とやりなおしに行こう。背負わなくてもいい後悔なんてしないために。雨夜が言ってるのはそういうことなんだろ、那月。もう逃げんな」

晴太の言葉に、胸の奥がぎゅっと熱くなった。私はゆっくりとうなずく。

バスは私たちを揺らして、病院を目指していた。


病院の独特なにおいが好きじゃない。

小さな頃、注射が大嫌いだった私はとにかく病院が嫌いだったっけ。でも、ピアノが大好きだったから、手に怪我ができた時は迷わず真っ先にここを訪れた。市内で一番大きな総合病院。バスに揺られて三十分。やっとたどり着いた。

「ここ?」

「ああ、杏果に連絡して聞いたから合ってる。……大丈夫か?」

杏果が入院している病室の前までくると、さっきまで動いていた足がとたんに動かなくなってしまった。晴太は心配そうに私の顔をのぞき込む。

「うん……ごめん、大丈夫」

一回大きく息を吸ってから、しっかりと前を向いた。晴太はなにも言わずにうなずいて、ゆっくりと、病室の扉を開けた。

「よー杏果! 大丈夫か?」

明るい声だった。晴太がいてくれて本当によかったと思う。

ゆっくり視線を上げた先には、驚いた顔をした杏果がベッドに座っていた。心なしか少しやせているようにも感じる。

「晴太! と、那月……。来てくれたの?」

晴太の後ろに隠れていた私の姿を見つけて、一瞬困ったような表情をした。けれどそれを見せないようにパッと笑う。杏果の癖だ、私にはわかる。いつも人に笑顔しか見せない。弱音なんて絶対に吐かない。

「一週間も入院するんだって? 大丈夫なのかよ」

「うん、大したことないのにうちの親って心配症《しょう》だから。検査入院ってことで期間延びちゃったの。ていうかふたりとも座ってよ！　せっかく来てくれたんだし」

ベッドの横に置かれた丸い椅子を指さして杏果が笑う。晴太と私は言われたとおりそこに腰かけてから、来る途中に買った杏果の好きなケーキ屋さんのケーキ箱を手渡した。

「これ、食べれるかわかんないけど……」

「わっ、いいの？　全然食べられるよ！　ありがとー」

本当に普通、だった。まるで言い合いになったことなんてなかったみたいだ。階段上から杏果が足をすべらせて落ちたこと、私のせいだって思ってると思っていた。もっと、ひどいことを言われるんじゃないかって。

それなのに杏果はいつもどおり私に笑って、差し出したケーキを受け取ろうと手を伸ばした。私はそのことに、胸がざわついて仕方がない。

だって、どうして。……どうして、そんなふうに笑っていられるの。もう、前のようにバイオリンが弾けなくなるかもしれないのに。私が杏果に怒らなければ、あんな理不尽な態度に出なければ、こんなことにはならなかったかもしれないのに。どうして、そんなふうに私に対して笑えるのだろう。

もっと、私のことを怒ればいいのに。責めればいいのに。杏果が優しければ優しいほど、私の罪悪感は募《つの》っていく。同時に、杏果に本音でぶつかってきてほしいという思いも強くなってくる。

だって、杏果はいつだって笑うことしかしない。私たちは親友のはずなのに、もしかしたら今まで、本音で話せていなかったのかもしれない。

「……どうしてそんなふうに笑えるの？」

突然の言葉に驚いたんだろう。私だって、思わず出た自分の低い声に驚いた。

杏果が手をすべらせて、受け取ったばかりのケーキの箱を床《ゆか》に落とした。杏果の好きなモンブランはぐちゃりとつぶれてしまったかもしれない。けれど今は、それを拾う気になんてなれなかった。心の中はぐちゃぐちゃで、でも、言葉は止まらない。

「どうしてって……」

「杏果っていつもそうだよ。ぐちも弱音もなにひとつ言わないで、いつもいい子で優しくて、……なにがあっても笑ってて」

隣から「おい那月」と晴太から声がかかる。けれどそれに言葉を返すことはできなかった。

「ねえ本当は、もっと思ってることがあるんじゃないの？……いつも笑ってごまかすの、杏果の癖だよね」

雨夜が言っていた。どれだけ信頼していたって、きれいな感情だけなはずがないと。

……本当にそのとおりなんだ。

「私ね、ずっと杏果に嫉妬してたのかもしれない。勉強ができて、友達も多くて、みんなに頼りにされてて。それでいて、バイオリンだってずっと続けて。……杏果が音楽の話をするたびにずっと、私、心のどこかで苦しかった」

杏果も晴太も、なにも言わなかった。代わりに、まっすぐにこちらを見つめていた。

「私がピアノをやめるって言った時。杏果、私に言ったんだよ。『じゃあ私も、那月と同じ大学に行けるように勉強がんばるよ』って。それがどれくらいうれしかったか、わかる？　杏果が、私の希望だったんだよ」

黙る杏果の瞳をじっと見つめる。杏果の瞳がゆらゆらと揺れていた。

「……これだけ言っても、杏果はなにも言わないんだね」

それは、失望みたいなものだったと思う。ため息と同じような響きの声。

高一の春、杏果と出会った。同じクラスに知り合いなんてひとりもいなくて。不安で仕方なかった私に、一番に話しかけてくれたのが杏果だった。

『ねえもしかして、楽器なにかやってたの？』

突然私の机にやって来て、満面の笑みで言った第一声がそれだった。

『え、うん……ピアノだけど……なんで？』

『だって、弦楽部のチラシ見てたから！』

びっくりした。入学式のあと、先輩《せんぱい》たちが配っているチラシの中で唯一気になった弦楽部のそれを手に取ったこと、見ている人がいたなんて。

ピアノは弦楽器だ。けれど、弦楽部に入る気はなかった。中学の頃も帰宅部で、その代わり大好きなピアノを習っていたのだ。高校に入ってもそれをやめる気はなかったし、うちの親がそのうち『ピアノをやめろ』ということはわかりきっていたことだったから。

『うん、見てたけど……部活はやらないかな。ピアノは個人でやりたいから』

杏果はその時少し目を丸くして、そのあとまた満面の笑みを浮かべて言ったのだ。

『ねえ、あなたのピアノ聴きたいかも！』

名前も知らない、相手のことをなにもわかっていない状態でそんなことを言うだなんてどうかしている。でも、なぜだか思ったんだ。この人とは、きっと仲よくなれる、って。

目を丸くしていた杏果がおかしくて、私は盛大に笑った。杏果はそんな私を見て驚いて、そして同じように笑った。

──それが、私と杏果の仲よくなったきっかけだった。

それから。お互いの名前を知って、クラスで一緒に過ごすようになった。杏果は弦楽部に入部して、私は帰宅部。一緒に入ろうと誘《さそ》ってくれたけれど、私はその誘いには乗らなかった。その代わり、杏果の部活がない日はいつも音楽室へふたりで行って、お互いの音を聴き合った。

……初めて杏果のバイオリンを聴いた時のこと。今でも、覚えている。

放課後の音楽室。ピアニッシモから入る有名な曲だった。弓が弦に触れた瞬間、心地のいい音色でゆったりとした旋律が奏でられた。

きれいなオレンジ色の夕日が窓から差し込んで、開いた窓から入ってくる風は春のにおいがした。私はパイプ椅子に座りながら、杏果がバイオリンを弾く姿を目で追った。

アンダンテからアレグロ、ピアニッシモからフォルテ、切れるようなスタッカート、流れるようなレガート。

楽器がまるで息をしているようだった。歌うように、息を吸うように、息を吐くように。杏果のバイオリンを聴いていると、オペラを見ているような気分になった。

バイオリンの独奏を生で聴くのは初めてだったけれど、素直に「すごい」と思ったのだ。音色、表現力、技術も見せ方も、杏果はきっと普通の人より少し秀《ひい》でていたのだろう。そして、きっと本当にバイオリンが好きなんだと感じられる音だった。

『——すごい』

杏果のバイオリンが最後の一音を弾き終わった瞬間、私は思わず椅子から立ち上がって手を叩いた。杏果はうれしそうに『ありがとう』と言って、そのあと私のピアノを聴いてくれた。

その時弾いたのが、『カノン』だった。初めて、杏果の前で弾いた曲。杏果は途中からバイオリンで私のピアノに混ざった。初めて合わせたはずなのに、どうしてだか息ぴったりに私と杏果の音楽は重なった。

表現の仕方、持っていきたい見せ場、強弱のつけ方、テンポのつくり方。演奏者によって同じ曲でも全然違うものになる。それはプロでも素人でもきっと同じだ。その曲に対して持っているイメージ、自分がつくりたい音楽にするための表現、楽譜への忠実さ、それは人によってそれぞれだと思うけれど。

『カノン』だけは、杏果と私のつくりたい音楽が、同じ方向を向いていた。初めて合わせたのに、相手がどう奏でるのかわかってしまうくらいに。

初めて二重奏をした。今までずっとピアノの独奏しかしたことがなかったから。誰かと音を共有することが、こんなにも楽しいことだと初めて知った。杏果が、教えてくれた。

それから、お互い行き詰まった時や疲れた時、この曲をふたりで弾くようになった。それは本当に楽しくて、心が安らぐ時間だった。

杏果はよく言っていた。

『ねえ、ピアノとバイオリンの二重奏で、いつか舞台に立とうよ』

初めて言われたのは、ちょうど私がお母さんから『夏のコンクールでいい成績が取れなかったら、ピアノやめなさい』と言われていた時期だったと思う。そんなつらい時に、杏果の言葉は私の支えになってたんだ。

でも、本当はわかってた。そんなこと、実現しない夢の話だって。

だって、私も杏果も、『普通の高校生』の枠組《わくぐみ》から抜け出せなかった人間だから。

幼い頃からずっとピアノを続けてきた。好きなことはピアノ、趣味《しゅみ》はピアノ。鍵盤に指をのせた時の高揚感と、実際に音を奏でる至福感は私の中でほかになにも勝てるものがなかった。大好きなピアノを好きなだけ弾いた。演奏できる曲が増えることがうれしくて、レッスンの先生に褒《ほ》められるのも気持ちがよかった。私はピアノに、音楽に、魅了《みりょう》されていた。

けれど、自分の技術が磨かれれば、同時に演奏する曲の難易度も、周りにいる人たちのレベルも変わってくる。中学生に上がる頃には、通っているピアノ教室の一番レベルの高いクラスに所属するようになっていた。

毎年、年に二回の演奏会と、数回のコンクール。周りのレベルが高いことは明らかで、自分の技術不足を実感せざるを得なかった。

ピアノが好きだった。なによりも、ピアノを弾いている時が楽しかった。けれど、それが将来なんのためになるかと聞かれれば、うまく答えることはできなかった。人並み以上には弾けると思う。普通の人よりはうまいと思う。ピアノに対する愛情も情熱も持っている。……けれどそれだけだ。

コンクールで上位入賞をした経験も、音大に入るような家庭環境《かんきょう》もない。人並み以上にピアノが弾けても、普通の人より少しだけ才能があっても、結局同じなのだ。音楽の道に進めるわけじゃない。──『普通』から抜け出せるのはごく一部の人間だけ。

そしてきっと、杏果も私と同じような葛藤《かっとう》を持ちながら、ずっとバイオリンを続けていたんだろう。その上での選択が、『志望校を変える』ということだったのだろう。

「……突然来て、こんなことばかり言ってごめん。私、帰る」

かわいた声が出た。

杏果のことも、晴太のことも見ることができなかった。ぎゅっとカバンを握りしめて、うつむいたまま立ち上がる。雨夜がせっかく私に言葉を、勇気をくれたのに。

私また、逃げるの？

立ち上がった瞬間、雨夜の声が聞こえて顔を上げた。そしてその刹那《せつな》、杏果の瞳からひと粒《つぶ》、すっと涙《なみだ》がこぼれた。

「え……」

びっくりして固まった私と、なにも言わない晴太。まさか杏果が泣くとは思わなかった。

「待って」

意思を持った、しっかりとした声だった。

「……私だって、那月に言いたいこと、ある」

杏果の瞳がゆっくりと動いて、視線を上げて私をまっすぐにとらえた。持っているカバンをぎゅっと握りしめて、私も負けじと杏果を見る。

「那月がピアノをやめるって言った時。……本当は、どうして、って思った」

高校二年の夏だ。

私がピアノをやめて勉強に専念すると言った時。杏果は最初とても驚いた顔をして、けれどそのあと、いつものように笑って言っていた。『じゃあ私も、那月と同じ大学に行けるように勉強がんばるよ』と。

「那月は、私が進路を変えることを『相談もなかった』って言ったけど、那月だって、あの時、私にひと言も相談してくれなかったじゃない」

ドクリと心臓が鳴った。確かにそうだった。

お兄ちゃんが受験に失敗して、親の期待が私にすり替わってから。『ピアノをやめろ』と言われて、必死に練習して挑《いど》んだコンクールでは結果も出せなくて。……最後の演奏会では、ピアノの音を鳴らすことさえできなかった。

そんな自分が情けなくて、恥ずかしくて、杏果に相談することも、誰かに言うこともなく、私は親からの『もうピアノはやめなさい』という言葉にすんなりと『わかった』とつぶやいた。それが、『普通』の私が歩んでいく一番正しい道だって、信じてやまなかったから。

「あんなにピアノが好きだったのに。あんなに楽しそうにピアノを弾いていたのに。……いつかふたりでリサイタルをしようねって、小さくてもいいから舞台に立とうねって、そう約束したのに……先に裏切ったのは那月のほうだよ」

杏果がそんなことを思っていたなんて知らなかった。なにも言うことができなくて、私はその場に立ち尽《つ》くすことしかできない。

「那月のお兄ちゃんが受験に失敗して、両親が過敏になってるのも、音楽じゃ食べていけないって判断することも、……わかるよ、私だって何度も考えた」

自分の将来のこと、周りの目線、親からの期待、世間一般的な常識。私だって考えた。大好きなピアノを続ける意味。音楽をやっていく価値。

幼い頃はなにも考えずに、ただ楽しいというだけで、好きだという理由だけでいろんなことができた。大好きなピアノを弾けば弾くほどうまくなって、先生に褒められて、親はうれしそうな顔をして、友達には尊敬のまなざしを向けられて。

けれど、年を重ねれば重ねるほど、人と違うことをしているのが生きづらいと感じるようになった。

テスト期間中にピアノを弾いていると親の顔はみるみるうちにゆがんだ。指を怪我したくないからと体育でボールを取らなかったせいで体育の成績は三以上に上がらなかった。ピアノのレッスンに通うために部活に入らなかったから、友達づくりに苦労した。私がピアノが大好きだということを周りの人にわかってもらうのは難しかった。

普通である私たちが、好きなものを続けていくということ自体、至極難しいことだったのだ。

でも、だからこそ。

――同じような境遇《きょうぐう》にいた杏果に、心を開けたのだろう。

「ねえ那月、私が、那月のピアノがすごく好きだって言ったこと、覚えてる？」

覚えているに決まっている。

杏果の声は震えていた。その嘘のない瞳から、涙がひと粒ふた粒、ゆっくりと流れ落ちる。私はなにも言えずに、その杏果の瞳を見ていた。

「本当は、那月にピアノをやめてほしくなんてなかった。那月は私が『二重奏で、いつか舞台に立とうよ』って言ったこと、冗談だと思ってたかもしれない。けど、私は本気で言ってたんだよ。だって、那月のピアノが大好きだったから」

唇が、震えた。

なにを言ったらいいのかなんてわからなくて、なにを言ってもきっと違う気がして。

「……勉強をがんばってる那月だって、もちろん偉いと思う。けど私は、ピアノを弾く那月のことが、一番好きだった。どうしてもっとがんばらないんだろうって、ピアノをやめる必要なんてどこにもないのにって、ずっと思ってた。それくらい、私、那月と奏でることが、好きだった」

——ああ、もう限界だ。

我慢《がまん》していた涙がひと粒頬を流れた瞬間、それは止まることを知らないみたいに次から次へとあふれてくる。唇を噛みしめるけれど、鼻の奥はツンとして苦しかった。

誰よりも一番、私のピアノを聴いてくれていた人。私の音楽をわかってくれていた人。わかろうとしてくれていた人。それが、杏果だった。

「私だって……」

かすれた声だった。けれど、言わなきゃならないと思った。

「私だって、杏果のバイオリンが好き。好きだからこそ、隣で音楽を続けているのを見るのがつらかった。私ほんとは……」

そうだ、本当は。

勉強じゃない。N大に行くことじゃない。私が本当にやりたいこと。

「本当は、ピアノ、やめたくなんてなかった」

涙声のまま、かすれた声のまま。口からこぼれ出たのは、ずっと言ってはいけないと思っていた言葉だった。続けたいと、やめたくないと、そう言ってはいけないと思っていた。

けれど私がそう言った瞬間、杏果が泣きながら笑った。「やっと言った」とつけ加えて。

泣きながら笑う杏果がおかしくて、泣いているはずなのに私も笑えてきてしまう。そうすると杏果はさらに笑った。お互い信じられないほど不細工な顔をして、涙を流しながら笑っているなんてどうかしている。けれどきっと、とても私たちらしい。

「私は、志望大をN大に戻すつもりはないよ」

「うん」

「推薦で早く進路が決まるぶん、リハビリがんばるから。絶対もとどおり、バイオリンを弾けるようになる」

「うん……」

「だから、那月。将来、私たちがお互いの時間に余裕ができて、自分のしたいことが自由にできる年齢《ねんれい》になったら……」

「一緒に、舞台に立とう。小さくてもいい。ふたりで、音楽をしよう」

杏果に言われる前にそういうと、杏果は目を丸くして私を見た。けれどすぐに笑って、「絶対だよ、約束」と私に怪我をしていないほうの左手を伸ばす。だから私も負けないように、ぎゅっと強くその手を握り返した。華奢なくせに皮の厚くなった杏果の手。バイオリンを奏でる、杏果の手。

「私は、すぐにできるわけじゃないけど……ちゃんと、ピアノと、自分の気持ちに向き合いたい」

杏果が笑った。私だって。

晴太はやれやれというように肩をすくめて私たちを見た。でもそのうち一緒に笑いだして。懐かしいなあと思う。数日前まで当たり前だった日常が、当たり前じゃなくなったのはほんの一瞬のことだったから。

杏果と出会えてよかった。晴太と仲よくなれてよかった。

ふたりがいたから、きっと今の私がいるんだ。

「おっと、やべえ那月、学校から電話かかってきた」

ブルブルと震える晴太のスマホを見て杏果が笑う。つられて私も笑うと、晴太が「笑いごとじゃねーよ。俺が那月連れ出したことバレたな、これは」とあせりだす。

なにがおかしいのかなんてわからない。けれど久しぶりに、心の底から笑えた気がした。

「ったく、晴太はまだしも、宮川は真面目だと思ってたのに。美寿々のところへいくなら、初めからそう言え」

昼休み、私は担任に職員室へと呼び出されていた。もちろん午前中学校をサボったことを叱《しか》られるために。

こっぴどく叱られるかと思ったけれど、『杏果のお見舞いに行っていた』というと案外すんなりと許してくれた。こればかりは杏果の人柄のよさに感謝するしかない。ちなみに晴太は私のあとだ。うちの担任はひとりずつ話を聞くタイプらしい。

「まあ今回のことは大目に見る。勉強のほうははかどってるか？　宮川の第一志望は変わってないんだよな？」

「はい、N大で変わってないです」

突然話題を変えられて驚くけれど、迷いのない私のきっぱりとした答えに、担任は「そうか」とこの前の模試の結果を見る。「もうちょっと上げないと、少し厳しいな」とつけ加えて。

「それはわかってます」

「宮川のやりたいことはなんだ？」

「やりたいこと？」

「大学に行く理由だよ。四月からずっとN大を志望してるけど、なにか行きたい特別な理由でもあるのか？」

それはつまり、今の成績じゃ厳しいから志望校を落とせということだろうか。

「今の成績じゃ足りないことはわかってます、でも」

「違う、そういうことじゃなくてだな」

コホン、と一回咳払いをした担任は、メガネをくいっと上げて私のほうを見た。

「絶対にここに行きたいという明確な理由はあるのか？　大学ってのは合格するのがゴールじゃない。合格してからがスタートだ。本当にお前のやりたいことはここでできるんだな？」

担任のめずらしく真剣な表情を見て、私は声が出なかった。

合格するのがゴールじゃない。そんなこと、わかってる。けれど、N大でなにを学びたいかという明確な答えは私の中にない。

「……N大に行きたいです」

私には、それしか言えなかった。

音楽を続けたいからS大を受けると言った杏果。大学には行かないと言った雨夜。

晴太に直接進路のことを聞いたことはないけれど、医学部に行くというのはチラリと耳にしたことがある。みんなそれぞれ、自分で決めた道を自分のために歩んでゆくんだろう。

それなら、私は。……私は、どうしたいんだろう。

「宮川がN大に行きたいのはよくわかってるんだ。けどな、もっと視野を広げたっていいと思う。なにかやりたいことを見つけて――」

担任がすべてを言い終える前に、バサバサッと大きな音がして机に積まれたたくさんの資料が床に散らばった。

「おっと、片づけを放置していたツケが回ってきたな」

やれやれと担任が立ち上がって床に散らばったプリント類を拾いだしたので、私も同じように拾い上げる。「ありがとな」という担任の声を聞きながら、私は心の中で助かった、と思っていた。

だって、担任の言葉は想像以上に私の心をえぐっていた。

視野を広げるだとか、やりたいことを見つけるだとか。……そんなこと無駄なだけだ。意味のないこと。お兄ちゃんや杏果のようには、私はなれない。

「……あれ」

その時目に入ってきたプリントを見て、私は思わず声が出てしまった。担任はそんな私を見て「こら、勝手に見るなよ」とそのプリントを奪い取ってしまう。

それでもなお固まって動かない私に、担任は不思議そうに奪い取ったプリントを見つめて、「ああ、雨夜のことか」とつぶやいた。

私が手にしたプリント。一週間ほど前にHRで配られた『進路希望調査』の紙。書かれていたのはきれいな文字の『雨夜夕雅』の名前で、そこにははっきりと『就職』と記《しる》されていた。

「まあ見られたものはしょうがないな。プライベートのことだ、公言はしないでくれよ」

「……うちのクラスでも就職希望の人がいるんですね」

声は、震えていたと思う。

うちのクラスは特進クラスだ。大学進学を大前提に考えた生徒しかいないはず。それなのに、どうして雨夜は就職希望でうちのクラスに入れたのだろう。

夢の中で『俺は大学なんて行かない』と言った雨夜の声を思い出す。

「まあ普通は就職希望の奴は特進には入れない制度なんだが、雨夜は成績もいいし……というか一年の頃からずっと学年一位をキープしててな。進学はしないけど、当時の担任が特進に入るようにすすめたんだ。あいつは例外だ」

――学年一位？

手に汗がにじむ。喉もカラカラにかわいている。

雨夜が学年一位なんて知らなかった。いや、きっとそんな事情誰も知らなかっただろう。

けれど、夢の中の雨夜は知っていた。私がつくり出した〝幻想〟のはずなのに。それに、絶対に雨夜はなにか事情を抱えている。夢の中だけの存在なら、そんなものなくったっていいはずなのに。

「……どうして、そんなに頭がいいのに大学に行かないんですか？」

「それは個人のことだから言えないが、まあ家庭環境っていうのは大きいと俺も思うね。どうにかしてやりたいとは思ったんだが……」

少し言いすぎたとでもいうような顔をして担任が口をつぐむ。私はぎゅっとこぶしを握る。

『家庭環境』――それが、雨夜が抱えている事情のひとつ？

夢の中での雨夜と現実世界の雨夜、両方に話を聞かなくちゃならないという想いが強くなる。

「すみません、次の授業遅れるのでもう行きます」

「え？　おい宮川、まだ話が……」

突然担任の声を無視して立ち上がった私に後ろから声がかかるけれど、気にしている場合じゃなかった。

教室に戻って雨夜を捜す。いつもどおり男子グループの中で談笑しているけれど、その表情は完全には笑っていない。

——夢の中と同じ身長。同じ目の高さ。同じ髪質。同じ瞳。同じ制服の着こなし。同じ高さの声。

思考はいやに鮮明に動きだす。

大きな違和感と疑問《ぎもん》、それらが確信に変わっていくのを感じる。こんなこと信じられないし、できれば信じたくもないけれど。

夢の中の雨夜と同じなのだ。学年一位だと言った雨夜、大学には行かないと言った雨夜、なにかを抱えている雨夜。私の知らない雨夜の事情を、私は夢の中で先に聞いていたのだ。そんなこと、絶対にあるはずないのに。

＊＊

ゆっくりと、まぶたが上がっていく。そしてこの身に覚えのある感覚で、ここが夢の中だとすぐに気がついた。

「雨夜」

思わず声が出る。今日は雨夜に話したいことがたくさんあるのだ。けれど声をあげてもそこに人はいなかった。おかしいなあと思いながらキョロキョロと辺りを見回すと、ククッと喉で笑った声が聞こえてきて振り返る。

「ちょっと、そこにいたの？」

真っ白な空間だった。初めて雨夜と出会った日の夢と同じ空間。影も音もなにもない。私と雨夜の声だけが響く、真っ白な世界。こんな世界にも、雨夜が夢に現れることも、なにも不思議に思わないどころかうれしいと思ってしまう自分がいる。

「なに、どうかしたの」

「聞いてほしいことがあるの。私ね、ピアノもう一度やることにした」

興奮ぎみにそう言うと、雨夜はふっと笑った。出会った時は表情ひとつ変えないような人だったのに。

「ああ、那月なら、その選択をすると思ってた」

意外にも優しい声色でそうつぶやいた雨夜に、私は早口で今日あった出来事をすべて話した。

杏果との話。まっすぐ雨夜の目を見て話すと、雨夜はいやな顔をせず全部うなずきながら聞いてくれた。それはとても居心地がよくて心がスッキリとする。

今日一日、いろんなことがあった。そしてその間ずっと、私は夢の中の雨夜の顔が見たかった。

だって、こんなふうに杏果と向き合えたこと、自分の気持ちを整理できたこと、全部夢の中の雨夜のおかげなんだ。ちゃんと目を見てお礼が言いたかった。

それに私、雨夜に聞きたいことがたくさんある。

「私ね、雨夜の言葉に、助けられてたんだ」

「なんだそれ」

「雨夜と夢の中でこうして出会ってなかったら、杏果と仲なおりすることも、もう一度ピアノを弾くことも……もうなかったかもしれない。全部雨夜のおかげ」

「俺のおかげなんかじゃないだろ、全部那月が決めたことだ」

雨夜に最初に会ったあの日、こんなことを打ち明ける存在になるだなんて夢にも思わなかった。それに、こんな現実離れした話を信じてしまっている私はどうかしているのかもしれない。それでも、今目の前にいる雨夜のこと、たぶん誰よりもわかりたいと思ってしまう。

私を救ってくれた雨夜のこと、今度は私が救いたい。

だって、雨夜は私にとって……すごく、大切な人なんだ。自分の中にあるこの大きな気持ちを、もうごまかすことなんてできない。

私、雨夜のこと、好きなんだ。

「……ねえ雨夜、私たちってさ、お互いのことなにも知らないよね」

「お互いのこと？」

「うん、好きな食べ物とか、好きな音楽とか、そういう普通のこと。私知りたいな、雨夜のこと」

まっすぐに、雨夜の目を見てそう言った。それが私の本音だったから。

今日で六日目。雨夜と会話をした日数、ちゃんと覚えている。日に日にたくさんの話をするようになったけれど、私と雨夜はお互いのことなんて本当はなにひとつ知らないのだ。

「なんだそれ、小学生じゃあるまいし」

「うんでも、教えてよ。私も言うから」

雨夜は「意味わかんねえ」とつぶやくけれど、いやがってはいない様子だ。もう雨夜の態度はだんだんわかってきてしまった。私が「じゃあ私から」と言うと、雨夜はあきれたようになにもない真っ白な空間へと腰をおろした。それがなんだかおかしくて、私は笑いながら雨夜の隣へと腰かける。

「名前は宮川那月。三年一組特進クラス。名簿番号は二十三」

「知ってる」

「はは、まだ始まったばかりだよ」

雨夜がつまらなそうな顔を私に向けるので、私は満面の笑みを返してやった。

「好きな食べ物はヨーグルト。嫌いな食べ物はスイカ。好きなことはピアノを弾くこと。最近は弾いてないけど……。得意な教科は音楽と古文。嫌いな教科は化学。わりと勉強は嫌いじゃないかな。とけるのは楽しいし。意外と運動も好き。球技はやらないけど、足は速いほうだと思うな」

「古文か。俺もわりと好きだよ。化学も」

「雨夜って苦手科目あるの？　全部ひと通りできそう」

「まあ、それなりに。でもめんどくさいと思うのは現代文かもな。答えがないから」

「とか言って私より点数いいんだろうな、悔しい」

雨夜がそんなことねえよ、と言って謙遜《けんそん》するけれど、学年一位になにを言われても信じがたい。雨夜って絶対にテストで裏切るタイプだ。

「この前水族館に行ったけど、雨夜が海月に似てるって言ってくれたこと、ちょっとうれしかった」

「なんでだよ」

「雨夜だって、シャチに似てるって言われて、本当はうれしかった？」

「……なんだよ、今日はテンションが高いな、那月」

わざと上げているんだ。雨夜のこと、もっと知るために。

「……スイカはなんで嫌い？」

雨夜が唐突に言葉を投げかけてきたので、私は目を丸くして彼を見る。雨夜から疑問符《ふ》のついた言葉が飛んでくることはなかなかない。私と会話しようとしてくれているんだと思うと、自然に頬がゆるんでしまう。雨夜って意外とかわいいところがある。

「昔ね、おじいちゃんの家の縁側《えんがわ》でスイカを食べたことがあって。私間違えて種まで飲み込んじゃったの。そうしたら、おじいちゃんが『お腹から芽が生えてくるぞ』って私を脅《おど》してね。それがすっごい怖くて、ずっとトラウマ」

私はけっこう真剣に話したつもりだったのに、雨夜がふっとそれを聞いて笑った。

「もう、なんで笑うの」

「いや、純粋だなって思って」

「そりゃあ、まだ小さかった頃の話だからね。今はさすがに、種を飲み込んだくらいでそんなことにはならないってわかってるよ」

「ああ、そうだな。もうそんな話を信じるほど、俺らは子どもじゃない」

雨夜の声が突然低くなったので、私はふと横を見る。どこか遠いところを見つめながら、雨夜はなにも言わなかった。

「……雨夜は？」

なんとなく、話題を変えようと思って。私が発した声は、思いのほか小さかった。

「ん？」

「雨夜は、なにが嫌いでなにが好きなの？」

一度はこちらを向いたものの、その言葉を聞いたとたんふとまたどこかを見つめるように顔を背ける。

雨夜はあまり自分のことを話さない。それは、聞いてほしくないということなのだろうし、私が踏み込んでいい部分ではないんだろう。

けれど、夢の中で雨夜に出会うこと。なにか意味があってのことじゃないかって、私思うんだ。たとえそうじゃなくても、私は雨夜のことが知りたい。その想いに、理由はきっといらないと思う。

「……好きとか嫌いとか、特にない」

「特にない、って？」

雨夜はなにも言わなかった。難しい質問でもなんでもない、ありふれた会話だと思ったんだけれど。……雨夜にとったら違うのだろうか。

「那月のピアノ、聴いてみたかった」

唐突だった。はは、とかわいたような笑いを含んだ雨夜の声の真意はわからない。

「雨夜は、大学には行かないんだよね」

「ああ」

かわいた返事だった。水族館で聞いた、雨夜の『消えない罪』という言葉を思い出す。同時に、今日職員室で見た〝現実世界の雨夜〟の進路希望調査票のことも。

「雨夜の家族構成、知りたいな」

「……」

雨夜の横顔はピクリとも動かなかった。

「私は、お母さんとお父さん、それからお兄ちゃんがひとり。末っ子だから意外とワガママなのかもしれない」

学年一位だと、そう言っていた。けれど大学には行かない。それは、行けない、ということなんじゃないだろうかと思う。

雨夜がこんなこと、話したくないのはよくわかってる。けれど、こうでもしなければ絶対に雨夜の口から真意は聞けないだろう。私はなんでもないフリをして「雨夜は？」ともう一度尋ねた。

「……俺は、今は親戚《しんせき》の家に住まわせてもらってるんだ。大学に行かないのもそれが理由。これ以上迷惑《めいわく》はかけられない」

はっきりとした言葉。今は、の部分を強調したように感じたのは私の思い過ごしだろうか。

「じゃあ、高校卒業したらどうするの？」

「さあ、なにも決めてない」

職員室で見た、雨夜の進路希望調査票を思い出す。意外にもとてもきれいな字だった。人柄が字に表れるというのは案外本当の話なのかもしれない。『就職』と書かれたそれには、はっきりとした意思も希望も感じられなかった。

今目の前にいる雨夜。現実世界とは違って、案外よく話すし楽しそうに笑うこともある。彼は、私の夢の中だけの存在だと、私がつくり出した幻想だと思っていた。けれど、学年一位だということも、特進クラスにいるのに就職希望だということも、私は〝現実で知る前に夢の中で聞いていた〟のだ。こんなこと、あり得るだろうか。

それに、杏果が階段から落ちた時、視界の端《はし》に、雨夜が見えた気がした。現実の雨夜が、あの時の会話や出来事を全部見ていたのならば、夢の中の雨夜がすべての事情を知っていてもおかしくない。

「ねえ雨夜」

「なに」

「この間は、肩をぶつけてごめん。痛かったよね」

「ああ、別に。大丈夫」

雨夜のほうを見た。

肩をぶつけたのは現実世界での話だ。今目の前にいる雨夜が私のつくり出した幻想なら、肩をぶつけたこと、知っていたってなんら変なことじゃないかもしれない。けれど、私を見た雨夜が一瞬口をつぐんで目をそらした。

それはまるで〝しまった〟とでも言うように。

「……この夢は、私の夢の中なんだよね」

「ああ、そうだろ」

雨夜が私から視線をはずす。それでも、私は雨夜のほうを見ていた。

「それならどうして、毎日雨夜が出てくるんだろう」

「そんなの俺も知らねえよ、今さらだろ」

確かに今さらだ。だけど。

「雨夜は、私がつくり出した幻想？　夢の中だけの、存在？」

自分でも単刀直入だったと思う。それでも、胸の中にある違和感を口に出さずにはいられなかったんだ。

「……当たり前だろ」

「本当に？　現実の雨夜とは、なにも関係ないの？」

自分でもこの感情の名前がわからない。現実世界の雨夜と夢の中の雨夜が同じだとは到底思えないけれど、思いあたる節が多すぎるのだ。

なにも答えない雨夜に、私は再び呼びかける。

「夢の中の雨夜と、現実世界の雨夜は同じなんじゃないの？　……なにを抱えてるの？　私じゃ、雨夜の逃げ場にはなれないのかな」

「那月」

まくし立てるような私の声に、雨夜の声が重なった。そして。

「どうか、捜さないで」

その瞬間、だった。こちらを振り返った雨夜がだんだんと遠のいていくのがわかる。夢が覚めるんだと意識的にわかってしまう。

「待って、雨夜」

目をつむったら、夢が覚めてしまう。まだ雨夜に聞きたいことがたくさんある。まだ、雨夜と話したいことがいっぱいある。

『捜さないで』と言った雨夜。そんなのもう、夢と現実の自分は同じだと言っているようなものだ。山下さんに私の名前を聞いたと晴太が言っていた。

――いつから？　雨夜は、いつから私のことを知ってくれていたの？

「雨夜」

必死に名前を呼ぶと、消えそうな視界の中で遠のいていく雨夜の顔が見えた。雨夜は私をまっすぐ見ながら、小さな声で『ありがとう』とつぶやく。それははっきり聞こえたわけではなく、口の動きでわかった言葉だった。

どうして、まだ言いたいことが、伝えたいことがたくさんあるのに。

意識が遠のいていくのを感じて、私は重いまぶたを強制的に閉じなければならなかった。

{ 土曜日 }

夜明けへのノクターン

ハッと目を覚ます。あわてて起き上がると、そこにはもう真っ白な空間も雨夜の姿もなかった。

参考書の積まれた勉強机、淡いブルーが気に入って買ったカーテン、クマのぬいぐるみが飾られた本棚。——間違いなく自分の部屋だ。

涙が頬を伝う。……私、現実でも泣いてる。やっぱり、ただの夢じゃない。

カーテンから差し込む太陽の光で朝を感じて、今まで見ていた夢のことを思い出す。

ぐっしょりと汗をかいた全身と、重い頭。いやに鮮明に覚えている雨夜の姿。このところ毎日同じような朝を迎《むか》えている。

どうして夢の中に雨夜が出てくるのか、なにか意味があるのか、私には全然わからないし思いあたる節もない。話すどころか、関わったことさえないただのクラスメイトのはずなのに。

聞かなきゃならないと思った。夢の中での雨夜の態度、そして最後に言った『ありがとう』がどういう意味なのか、私は知らなくちゃいけないと思った。

朝早く学校へ行ったのはいいけれど、いつもいるはずの早朝課外に雨夜の姿はなかった。いちおう進学校のうちの高校は、土曜日も土曜課外があるのだ。

私はいつもどおりを装って早朝課外を受けていたけれど、本当はいつ雨夜が来るんだろうかとソワソワしていた。けれど雨夜は、HRの時間になっても姿を現さない。杏果はまだ学校に来られないし、晴太はまたサボりみたいで、相談できる人もいない。それならば、と思い立った私が向かったのは担任のもとへだった。

「先生！」

朝のHRが終わってから。職員室に向かう担任を人気のない廊下でつかまえた。普段私から話すことはめったにないので、担任もびっくりしているみたいだ。目を丸くして私のほうを振り返る。私は担任の目の前に立った。

「おお、どうした宮川、めずらしいな」

「今日、雨夜くんは、休みですか」

「ああ、そうみたいだな」

ふと担任の目が揺らいだのを感じて、私の心臓がドクリと音を立てる。

「どうして？」

「それは本人の問題だからなんとも言えないな」

「じゃあ月曜は来るんですか？」

「いや……しばらく学校を休むと言っていたから当分は」

そこまで聞いて、私は担任の言葉に覆《おお》いかぶせるように「どうして」と食いかかる。担任にはなんの関係もない話なのだけれど、こんなのあまりにタイミングがよすぎる。

「どうした宮川、雨夜となにかあったのか？」

びっくりした担任が戸惑いぎみに私にそう問いかけるけれど、私はなにも答えることができない。代わりにいやに思考は冷静で、昨日の雨夜のことを思い出していた。

声は聞こえなかった。けれど私の意識が途絶える前、雨夜は確かに『ありがとう』と言ったのだ。まるで、それが最後だとでも言うように。

今日学校に来れないことを雨夜はわかっていたんじゃないだろうか。そしてもしかしたら、私の夢に雨夜が出てくること、昨日が最後だったのかもしれない。

「先生」

「おお、なんだ、どうした」

どうしたらいいのかわからないといった様子で私を見つめる担任のほうへまっすぐと向きなおる。こんなの、どうかしている。けれど、止められなかった。

「雨夜にプリント届けに行きます。住所教えてください」

あまりに突拍子もない言葉だったと思う。けれど私の態度がいやに真剣だったからだろう、担任も最初はしぶっていたものの、学校が終わってから届けに行ってくれよ、と心配そうな表情をして住所を教えてくれた。もちろんその言いつけは守らずに、私は授業を受けることなく学校を飛び出した。

もしかしたら家に電話が行ってしまうかもしれない。自主的に学校をサボったことなんて今まで一度だってなかったから。

けれど、今は雨夜を捜すことのほうが大切だと感じたのだ。これは私の勘にすぎないけれど、今雨夜をひとりにしたらダメな気がする。

だって、夢で見た、最後の顔。『ありがとう』という言葉。そんなの、余計にひとりになんてできない。私は雨夜のこと、なにも知らないかもしれない。だけど、誰よりもわかりたいって思うんだ。ひとりで抱え込むより、ふたりで分け合ったほうがずっといい。雨夜に、それを伝えたい。

雨夜の家は学校からそう遠くはなかった。電車でひと駅分、そこから歩いて十分ほど。担任から渡された住所を頼りにたどり着いた場所は驚くほど大きな和風のお家だった。木造の門にはしっかりと『雨夜』と記されている。

数日前に現実の雨夜と一緒に帰った時、『家の方向が同じ』と言っていたけれど全然違うじゃないか。もしかしたらあれも嘘で、全部わかっていた雨夜が私を気にかけて一緒に帰ってくれたのかもしれない。だってあの時、帰り際で雨夜は『無理すんなよ』って言ったのだ。

勢いで来てしまったものの、さてどうしようかと頭をひねる。こんなに大きな家だと、インターホンを鳴らすのにも勇気がいるな。それに、もし私の勘がはずれていて、夢の中の雨夜が本当に私のつくり出した幻想なら、現実世界の雨夜に会いに来たってなんの意味もないかもしれない。

一度考えだすとそれは止まらなくって、ぐるぐると思考が深い沼にはまっていくみたいだ。

「でも、ここまできて帰るわけにはいかないよね」

よし、とそう独り言をつぶやいて。一度大きく深呼吸をしてから覚悟を決めた。

右手の人さし指をインターホンにすべらせようとした、その時。

「那月?」

――聞き覚えのある声が、私の名前を呼んだ。

大きな家だ。玄関も廊下も立派な木造建築で、畳のいいにおいが鼻をくすぐった。

通された部屋もとても広い畳の部屋。障子を開けると真黒な大きなテーブルに座布団が数枚。客室なのだろう。

「ごめん、お茶しかなくて」

私がぐるりと部屋を見回している間に、雨夜がどこかから戻ってきた。台所だろうか。手にはお茶とお菓子《かし》をのせたお盆を持っている。学校を休んだからか、制服は着ていない。大きめのグレーのパーカーとジーンズ姿だ。いつもと雰囲気が違うから困ってしまう。

まじまじと向かいに座った雨夜の顔を見る。長い前髪からのぞく暗闇のような瞳が、服装は違えどやっぱり夢の中と同じだった。胸の奥が締めつけられるように苦しくなる。

ほとんど確信を持って、夢の中と現実の雨夜は同じ人物なのだろうと思う。だってそうじゃなければ、女子とほとんど会話をしない雨夜が、突然会いに来たクラスメイトのこと、簡単に家に上げたりなんてしないだろう。

「ここは、親戚の家、なんだよね？」

それは夢の中で聞いた話だ。雨夜は一度私のほうを見て、それから観念したように目をそらした。そしてゆっくりと口を開く。

「──ああ、そうだよ。昨日夢の中で話したとおり」

自分の鼓動が早くなるのを感じた。試しに右手をぎゅっと強く握ってみるけれど、きちんと痛みを感じてむなしくなる。ここは現実だ。〝夢の中〟じゃない。

「やっぱり、雨夜も同じ夢を、見てたんだ……」

顔を上げて、まっすぐに雨夜のことを見た。雨夜はいつものように私の瞳をじっと見つめていた。整えられていない長い黒髪、スッとした横顔が綺麗に見える骨格、夜の暗闇のような色をした瞳。

この感情をなんと言ったらいいのか私にはわからない。なにを言っていいのかも、どうしたらいいのかも、わからなかった。

じっと私を見つめていた雨夜の表情は変わらなかった。夢の中で、自分は私がつくり出した幻想だと、そう言っていたのに。私が雨夜の夢を見ていたように、雨夜も私の夢を見ていたということなのだろうか。頭がごちゃごちゃになってくる。

「いつから気づいてた？」

低い声だった。雨夜がテーブルの上に置かれたお茶に手を伸ばす。私は彼から視線をはずして、その手の動きを見つめていた。意味はなかった。

「担任に面談を受けてる時、雨夜の進路希望調査票を見ちゃって。でも、確信を持ったのは昨日の夢の中」

私がそう言うと、「そうか」とつぶやく。夢の中での雨夜にはだいぶ近づけたと思ったのだけれど、今目の前にいる彼はすごく遠く感じる。

現実世界での雨夜。いつも夢で会っていたはずなのに、緊張《きんちょう》してうまく言葉が出ない。でも、逃げたくない。雨夜ともちゃんと、向き合いたいんだ。

「聞きたいことは、たくさんあるの。けど、なにから言えばいいのか……」

ひどく震えた声だったと思う。でもそれが私の本音だった。

「なにも聞かなくていい。本当は夢だけで終わらせるつもりだった」

きっぱりとそう言い放った雨夜の瞳は揺らがなかった。なにを言っても無駄だ、と言われているみたいで気持ちがすくむ。

けれど、やっぱり昨日夢の中で見た雨夜の『ありがとう』という言葉が、どうしてもひっかかるのだ。それに私は、雨夜のおかげで杏果と向き合うことができた。それなのに今、雨夜の言葉に「はいそうですか」と言って帰ることなんてできるわけがない。雨夜が私にとってどれだけ大切で、私がどれだけ雨夜の言葉に救われたのか、雨夜は知らないのかもしれない。伝えなくちゃいけないことが多すぎて、言葉がまとまらない。

だけど、雨夜のこと、あきらめたくない。

「私、杏果と仲なおりできたよ」

突拍子もない言葉だったからだろう。雨夜が「なにいきなり」とあきれたように言う。

「ピアノも、もう一回始めるって決めた」

そう強く言うと、雨夜はなにも言わなかった。私は彼のほうを見ることができなくて、うつむく。なにを言ったら伝わるんだろう、どうしたら、雨夜にこの気持ちを言うことができるんだろう。考えたってまとまらなくて、うまく言葉になんてできなくて。だけど。

「……雨夜に、ピアノ聴いてほしいって、そう思ったの」

昨日の夢の中で、雨夜が脈絡もなくつぶやいたこと。『那月のピアノ、聴いてみたかった』と。あの時私はなにも言えなかったけれど、純粋にすごくうれしかったんだ。私の大好きなピアノを、聴きたいと言ってくれたこと。

「担任が言ってた。雨夜はしばらく学校に来ないかもしれないって。……それって、昨日の夢で『ありがとう』って私に言ったことと関係ある？　私のピアノを聴いてみたかったって、過去形にしたこととなにか、関係ある？」

最後のほうは早口だった。ぐっと顔を上に向けて雨夜を見る。見なきゃいけないと思った。

これは単なる私の勘だ。なにもないかもしれない。私が首を突っ込んでいいことじゃないかもしれない。けれど、変な胸騒ぎがするんだ。

雨夜が、消えてしまうんじゃないかって。

「ねえ雨夜……消えたり、しないよね？」

震えて消えてしまいそうな声を、なんとか絞り出したような、そんな、声だった。

雨夜の表情は変わらない。まっすぐに私を見つめる瞳も、動かない。

「私、雨夜のことなにも知らない。雨夜がなにを抱えているのかも、どんな事情があるのかも、わからない。だけどね、私、雨夜のこと、わかりたいって思ってる。雨夜が私のこと救ってくれたみたいに、私も、雨夜に近づきたい」

私も負けじと雨夜を見る。見つめ合ったまま動かない私たちを、他人が見たらなんと言うだろうか。私も雨夜も、なにも言わない。

雨夜のためになにかしたい。自分にできることなんて本当に限られているけれど。

……夢の中で雨夜に会えたこと、それはなにかしら意味があるんじゃないかって思うんだ。

しばらくそうしていると、雨夜がふと視線をそらした。そしてガシガシと頭をかいて、再びこちらを見る。あきれたようにため息をつきながら。

「……那月のこと、本当はもっと前から知ってたんだ」

言いたくないようなそぶりを見せながら雨夜がそう口を開く。そして、その全部を話し始めた。

＊＊＊

中学三年の夏の日のことだった。空は高くて青く、頬にあたる潮風は心地がよかった。

自転車で町中を駆けめぐるのが好きだった。その日も学校帰りにボロい自転車で少しだけ遠回りをして家に帰った。俺は人よりも少しだけ勉強が好きで、好奇心旺盛《こうきしんおうせい》な、それ以外はごく普通の中学生だったと思う。

俺がいつものように学校が終わってから家に帰ると、いつもは仕事で帰ってくるのが遅いはずの母さんの靴とともに見なれない靴が何個も玄関に置いてあった。普段なら夜の十時を回っても帰ってこないことだってあるのに、こんな夕方に母さんが帰ってきているなんてめずらしい。それに、誰かが家に来るなんてそうそうない。大きな違和感を感じた俺は急いで靴を脱《ぬ》いで部屋に入ったのだけれど、あの時の衝撃《しょうげき》は今でも忘れることができない。

白い布団に横たわった、色のない顔をした母さんと、それを囲んだ大勢の大人たち。みんないっせいに俺のほうを向いて、そして言った。

「たった今、息を引きとった」と——過労死だった。

海沿いに建てられたボロいアパートが俺の家だった。母親とふたり暮らし、父親は物心ついた頃にはもういなかった。俺も詳《くわ》しくは知らないのだけれど、癌《がん》かなにかの病気だったらしい。もともと体は強くなかったんだとか。

うちはかなり貧しい家庭だったと思う。けれどそれを俺に感じさせないように、母さんが必死に働いてくれていたことは俺が一番よくわかっていた。今思えば、とても幸せな暮らしだった。貧しくても、母さんとふたりで生活できる、それだけですごく幸せなことだったのだ。

けれどだんだん、差は生まれてくる。成長すればするほど、周りの人間との違いが自分でもはっきりとわかってしまう。週末どこかへ出かけただとか、新しい服を買ってもらっただとか、人気のキャラクターが出ているゲームだとか、そういう話に俺はついていけなかった。

気づけばつくり笑いが得意になっていて、自分から人に話すことは極力避《さ》けた。けれどその代わり、単純に学ぶことがとても好きだった。ゲームや漫画《まんが》なんてものが家になかったから、教科書をいつもひとりで家で読んでいて。だんだんとわかるようになるのが楽しくて、自分の中に知識が増えていくことがうれしかった。

勉強が好きだったんだと思う。中学に上がって、成績に順位がつくようになって。俺は一位を逃したことはなかった。そのおかげで先生にも褒められたし、周りも俺を見下すようなことはなかった。

けれど、中学三年になると初めて進路希望調査票が配られて、俺は家でその紙を母さんに見せながら、『もっといろんなことを学べるところへ行きたい』と話した。

有名な私立高校へ行きたかった。家からそう遠くはないし、十分自転車でも通える距離だ。けれど母親からの答えは『ごめんね、好きなことをさせてあげられなくて』という言葉だった。近くの公立高校、それが精いっぱいだと。

私立は確かに厳しかった。自分の家庭環境を顧《かえり》みればわかることだ。今までそんなふうにわがままを言ったことなんて一度だってなかった。けれど。

学校へ行けば、自分より頭の悪い奴がずっとランクの高い高校を目指していて。どうして、と思った。学ぶということだけが、自分の生きがいだったのに。

俺は母さんに言った。今でもずっと後悔している言葉を。絶対に言ってはいけなかった言葉を。進路希望調査の紙を破り捨てながら。

──『こんな家に生まれなきゃよかった』と。

その日から、母さんの俺への態度が変わった。いつも顔色をうかがうようにして、仕事は今まででも十分精いっぱいだったのに、それ以上を自分で受けて。

だんだんやせこけていく母さんを見て、謝ろうと思っていた。けれどずっと、決心がつかなかった。馬鹿な自分、本当に馬鹿だった。

──そして突然、いなくなってしまった。謝ることも、「ありがとう」とたったひと言すら言うこともできずに。

俺が、母さんを殺したのだ。

それから、今の親戚の家に預《あず》けられた。俺はひとり暮らしでもなんでもよかったのだけれど、母親の遠い親戚が俺を引き取ると言ってくれたのだ。『まだ未成年だ。ひとりでは生きていけないだろう』と。なにも持っていなかった俺は、その言葉にすがるしかなかった。

夏休み明けにこの町へ引っ越してきて、転校もした。変わったことはたくさんあった。俺を引き取ってくれた伯父《おじ》さんと伯母《おば》さんは子宝に恵《めぐ》まれなかったそうで、俺のことを歓迎《かんげい》してくれた。母さんとふたり暮らしだった時よりも、うんと裕福な暮らしをさせてもらえた。

けれどそれは、俺にとっていいことではなかった。

なに不自由ない生活を送れて、伯父さんと伯母さんは優しくて、当たり前のように高校へ入学して。——母さんはいなくなったのに、俺の生活は終わることなく回り続けている。

そのことがどうしても、受け入れられなかった。

俺が母さんに『こんな家に生まれなきゃよかった』と言った日から、母さんは変わった。俺の顔色をいつもうかがって、俺にいやな思いをさせないようにといつも以上に働いて。もともと自分の限界まで仕事をするような生活だったのに。全部俺のためだった。わかっていた。わかっていたのに俺は、そんな母さんを止めることができなかった。

『こんな家に生まれなければよかった』なんて、そんなこと本音じゃない。イライラして、自分の将来に希望が持てないことに対する不満を理不尽にぶつけただけだ。本当はもっと、母さんに言わなきゃいけないことはたくさんあった。

俺はとても子どもで、馬鹿で、無責任だった。

――母さんが死んだのは俺のせいだ。

ずっと胸の中にある罪の意識。死なせた罪悪感、自分への不信感。こんな自分がのうのうと生きているのがいつも許せなくて苦しかった。

誰かに優しくされると、自分を許せなくなるだけだった。だからこそ、高校へ入学してから、誰といても、なにを話していても、砂を噛むような感覚だった。

いつも苦しくて、生きづらくて、息がしづらかった。自分が本当に生きていていい存在なのかわからなかった。

家も学校も自分の本当の居場所だとは思えなくて、ひとりになるといつも母さんの顔が思い浮かんでしまう。

いつも困ったように笑っていた顔が浮かび、責められているような感覚に陥った。消えてしまってもいいと思っていた。いや、いっそのこと消えてしまいたいと思っていた。消えない罪を抱えて生きるより、そのほうがずっといいと。

けれど、そんな時だったのだ。俺が、母さんのもとへ行こうとしていた、その時。どこからともなく聞こえてきた聞き覚えのある懐かしい曲に、俺は足を止めた。

――それは、ピアノの音だった。

繊細なのに大胆《だいたん》で、優しいようで激しかった。

矛盾したような感想だけれど、実際にそうだったのだ。心地のよい小鳥のさえずりのようで、ひどく大きな落雷のようでもあった。そんな曲ではないのだろうけれど、俺に落ちてきたのはそれくらいの衝撃だったのだ。

屋上につながる階段を上ろうとしていた足を止めて、音の聞こえるほうへと向きなおす。心臓がバクバクとうるさくて、手に汗を握った。

音に導かれるように階段をおり、たどり着いた音楽室をそっとのぞいた。

その先にあったのは——ピアノを弾く那月の姿だった。

その姿を目にした時、自分の中のなにかがプツンと糸が切れたようにはじけて落ちた。それは、今までのつらさや苦しさだったのかもしれない。

いつの間にかぽろぽろとあふれてくる涙を、頬を伝う粒を、俺は拭《ぬぐ》うこともできずにその姿を見ていた。目が離せなかった。

夕暮れの音楽室。オレンジ色に差し込む光はあたたかく、空気は澄んでいた。とても楽しそうに鍵盤に指をすべらせながら、一つひとつの音にしっかり意思があるのが伝わってくる。音楽のことなんてこれっぽっちもわからないし、うまいとかヘタだとか、そんなことさえもよくわからない。

——けれど、胸を打たれた。その、真摯《しんし》にピアノに向かう姿に。

そして思い出したのだ。耳に届いた聞き覚えのあるメロディは、昔、母親と乗ったメリーゴーランドで流れていた曲だったと。

貧しい生活をしていたものだから、母親とどこかに出かけるといったことはほとんどなかったけれど、幼い頃一度だけ遊園地に連れていってもらったことがあった。俺はとてもワクワクしながらそこを訪れた。派手な装飾《そうしょく》がほどこされた入場門、愉快な音楽の流れる園内、色とりどりのバルーンを持ったピエロ、信じられない速度で走るジェットコースター。

どれもが魅力的で、そのどれもが俺にとって非現実的だった。けれど幼かった俺はジェットコースターにも観覧車にも乗れなかった。速いのも高いのもダメだったのだ。怖くて泣いた俺を母さんは困ったように抱きかかえて頭をなでてくれた。

そんな中で唯一乗れたのが、メリーゴーランドだった。

母さんは俺の隣で大きな馬に乗って、俺はその横のひと回り小さな馬にまたがった。アナウンスが流れたあと、メリーゴーランドはゆっくりと回りだし、音楽を奏でた。上下に揺られながら世界が回るのを感じて、隣で母さんが笑うのを見て、俺はとても幸せだと、そう思ったのだ。

――あの時流れていたのが、その時那月が弾いていた『カノン』だった。

自分がこの世界から消えようとしていた時、この曲を聞いて足を止めたのはまるで運命のように思う。あの時、世界が回っているということを小さな体で実感したのだ。

それを思い出した。那月のピアノが、俺を止めてくれた。

その時初めて那月の存在を知って、放課後よく図書室にこもっていた俺はピアノの音が聞こえだすと音楽室のそばまで行って、那月の音楽を聴いていた。ピアノとバイオリン、そのかけ合いも好きだった。

那月のピアノが、生きる糧だったのだ。俺が息をしている意味だった。

大げさだと笑えばいい。馬鹿にすればいい。毎回音楽室のそばまで行って耳を澄ませていたただなんて、気持ち悪いという奴だっているかもしれない。けれどそれでもいい。

俺は那月の奏でるピアノの音が、那月のつくる音楽が、とても好きだったのだ。

高校一年の間、ずっとそんなことを続けて。

そして高校二年の夏休み明け——パタリとピアノの音が聞こえなくなった。

以前なら一週間に一度は放課後の音楽室に訪れていた彼女が現れなくなったのだ。

それは、自分にとって唯一の存在意義を失ったようでひどく喪失感にかられたのを覚えている。

なぜ音楽室に訪れなくなったのか、ピアノを弾かなくなったのか、俺に確かめる術はなかった。本当は、一度でいいから話をしてみたかった。あんなに俺の心を揺さぶったピアノを奏でるのがどんな人物なのか知りたかった。母さんが死んでから、初めて人と、関わりたいと思った。その秋頃、那月と同じクラスの女子に自分から話しかけて、『あの子の名前ってなんですか』と聞いた。そこで初めて、『宮川那月』という名前を知った。

けれど、近づいたところで俺になにができるのだろう。

俺のような人間が近づいていい人じゃない。それくらいに、俺にとって那月はとても輝いて見える存在だったのだ。

だって、この世から消えてしまおうとしていた俺のことを救ってくれたのは、生きる意味を見出せない毎日に希望をくれたのは、間違いなく那月のピアノだったから。

それからも、いつかまた那月のピアノが聴けるんじゃないかと毎日放課後図書室に通うことだけはやめなかった。もともと図書室という場所が好きだった俺はその時間が苦ではなかったし、むしろ『また聴けるんじゃないか』という期待は俺がここに存在している理由になった。

けれどそれから一度も那月のピアノを聴けないまま、高校三年になった。

入学した時から学年一位を取り続けてきた俺だけれど、進学する予定はなく、一般クラスへの希望を出した。伯父さんと伯母さんは反対したけれど。

しかし、二年の時の担任から強く特進クラスをすすめられたので仕方なくそれに従った。その選択は間違ってはいなかった。

だって、特進クラスの扉を開けた瞬間目に飛び込んできたのは――いつも楽しそうにピアノを弾いていた、『宮川那月』の姿だったのだ。

ドクドクと心臓がうるさくて、平静を保つのがやっとだったと思う。まさか同じクラスになれるとは思ってもみなかったから。いつも遠くから見つめていた彼女が同じ教室内で楽しそうに笑っている。こんなこと、想像もしていなかった。

話しかけようと思った。母さんが死んでから、一度たりとも自分から誰かに近づこうとしたことはなかった。深く関わろうと思ったことはなかった。けれど俺は宮川那月が、あのピアノを弾く人間がどんな人なのか知りたかった。そして直接お礼が言いたかった。俺はきみのピアノに救われていました、と。

――けれど一歩足を踏み出した瞬間、思う。

俺が那月に話しかけてどうなるのだろう、と。俺の瞳は那月一点しか見つめていないのに、一気にいろんなことが小さな刺《とげ》のように俺に降りかかってきたのだ。『母さんを死なせたのはお前のくせに、お前はもう自分を許すのか』と。問いかけてきたのは、もうひとりの自分だった。

許せるわけがない。当たり前だろう。

本来なら、俺は今ここにいない存在だったのだ。あの日、高校一年の夏、屋上から身を投げようと思っていた。消えたってよかった。今ここにいるだけでも十分なのだ。

それ以上なにを求めるというのだろう。

進めようとしていた足を戻す。それが最善策だった。

〝宮川那月〟は、俺が近づいていいような人間じゃない。それは、いざ目の前にしてみるとさらに強く感じることだった。

授業中あてないでほしいと担任に頼み込んだのは、目立ちたくなかったということもあるし、大学進学しない俺が答えるのもどうかと思ったからだ。かなり特例だったけれど、一年の頃から学年一位を取り続けていたことはそんなところで役に立った。

できるだけ関わらないように。彼女の人生に一ミリでも踏み込むことなどないように。息をひそめているのが、俺ができることだと思ったのだ。

それなのに、高校三年、夏。今からちょうど一か月ほど前。俺は那月と初めて出会った時のような真っ白な空間に立っている夢を見た。――それが始まりだった。

初めて真っ白な空間に立った日、辺りを見回すと目を凝《こ》らせばなんとか見えるような位置に人影を見つけた。ゆらゆらと揺れているそれがなんなのかその日はわからず目が覚めて、その日からずっと、同じような夢を見た。人影は日に日に俺のほうへと近づいてきて、一週間もしないうちに姿かたちがわかるようになった。ただ顔だけははっきりと見えず、どこかで見たことのあるような、そんな印象を受けた。

毎日だんだんと近づいてくる人影を初めは不思議に思っていたけれど、いやな感じも恐怖感も抱かなかったので特に気にすることはなく日々を過ごしていた。

けれど、夢を見だして二週間ほどたった頃、気づいたのだ。初めてその夢を見た日が、母さんの命日だったことを。

そう気づいた日、俺は初めて夢の中で自分の意志で口を開いた。いつものように昨日よりも少しだけ俺に近づいていた顔の見えない人影に、声をかけたのだ。

『──母さん』

ハッとしたように、人影は消えた。

目覚めた時、あれは自分の母親なんだということを確信した。そして再び眠りについた。だってもう一度、母さんに会えたなら。言いたいことが山ほどあったのだ。

再び眠りにつくと、やはり同じ夢を見た。けれど人影が見あたらない。俺はもう一度深く息を吸って、『母さん』とつぶやいた。深く吸った息はほとんどが音にならなかった。声はかすれて、唇は震えていた。

数秒たっても返事はなく、さっき母さんと呼んだのは間違いだったと思った、その時。

『──夕雅』

聞き覚えのある、懐かしい声だった。

辺りをキョロキョロと見回したけれど姿は見えない。代わりにもう一度『夕雅』と名前を呼ばれた。もうずっと聞いていなかった母さんの声だ。けれど俺にはわかる。間違えるはずがない。

もう一度母さんに会えたら、話したいことが山ほどあった。謝りたいことがたくさんあった。夢の中だっていい、やっと会えたのだ。けれどいざその場面に遭遇《そうぐう》すると、言葉がなにも出てこない。喉もとが苦しくなって唇が震えた。細い息だけが喉をすり抜けてゆく。

『夕雅、よく聞いて』

どこからともなく聞こえてくるその声は優しくてあたたかい。思わず涙が出てきそうなほど。

『近々あなたの大切な人が傷つくことになる』

淡々とした声だった。

大切な人、と聞いて真っ先に浮かんだのは、〝宮川那月〟のこと。

『けれど、夕雅ならきっと救うことができるわ。〝その人〟の運命を変えることができるかもしれない。あなた自身も、きっとそれに救われるわ』

しょせん夢の中の話だ。けれど、妙な胸騒ぎがする。俺がなにも言えないまま、母さんの声はさらに続いた。

『七日間だけ、夢の中で自由をあげるわ。——今度は後悔のないように』

ザッと、風が吹いたように一瞬だった。俺が『母さん』と声を出す前に、目の前が急に暗くなって俺は目を閉じた。

次の瞬間、勢いよく体を起こすとそこは自分の部屋で、夢から覚めたと気づくのに少し時間を要した。それくらい、母さんの声がリアルに自分の耳に響いていたのだ。しょせん夢の中の話だ。妙な胸騒ぎは感じていたけれど、完全に信じていたわけじゃない。

けれどその日の夜眠りにつくと、再び真っ白な空間にいる夢を見た。母さんの姿はなく、完全に自分ひとりだけの状態。それは初めてだった。

自分の呼吸音だけが響く、なにもない世界。死んだらこんな感じだろうかと座り込み、目を閉じる。母さんの言った言葉が頭の中でリピートされる。『今度は後悔のないように』と。

もし母さんの言うとおり俺の大切な人が傷つくとして、それを救うとはどういうことだろう。なにもできなくてなにも持っていない俺が、誰かを救えるはずがない。それに、七日間だけ夢の中で自由を、と言っていたけれどその言葉の意味がわからない。

もしかしたら俺は、この世を去ることになるのだろうか。だから母さんが迎えにきたんじゃないだろうか。だってきっと、死んだらこんな感じなのかもしれないと思ったのだ。

この、なにもない真っ白な空間を初めて見た時。けれどそれなら、最後に自由をくれるのなら、俺がしたいことは。

大切な人――そう聞いて真っ先に思い浮かべた宮川那月の顔を思い出す。真剣にピアノと向き合いながら、楽しそうに鍵盤を叩く彼女のことを。

一度でいいから話がしてみたかった。そしてもう一度、彼女のピアノを聴いてみたかった。もうきっと、一生叶《かな》わないであろう願いごとだけれど。後悔のないように、と言った母さんの言葉を信じるのなら。

彼女と一度でも関わることができたのなら、俺はもうこの世界に未練はないと思う。本気でそう思っていた。だって、もともと消えるはずだったのだ。今生きているのは宮川那月のおかげなのだ。それならもう、その願いを達成したら俺が生きている意味なんてないに等しいだろう。

だから、七日間の自由が本当にあるのだとしたら、俺は間違いなく宮川那月を夢の中に呼びたい。そして、彼女を救えるのなら、救いたい。

そのあとなら、なんの悔いもなく、消えていくことができる。

そう強く思いながらゆっくりと目を開く。

――その先に、真っ白な空間に佇む宮川那月の姿があった。

＊＊＊

「今まで見ていたのは那月の夢の中じゃない。俺の夢の中だよ。行きたい場所も、見たい景色も、本当は俺が眠る前に願ったから見れたものだ。母さんが言っていた夢の中での自由は、そういうことだ。全部、那月を救いたかったから、那月のピアノをもう一度聴きたかったから、願ったことなんだ」

淡々と話す雨夜の表情は、時々瞳を揺らしながら、それでいて強い意思を持ったようでもあった。そして思い出す、雨夜と過ごした夢の中でのことを。

一日目、真っ白な空間で雨夜と出会った。

二日目、真っ白な空間で初めて会話をした。

三日目、ピアノのリサイタルに行った。

四日目、学校の音楽室だった。

五日目、水族館で雨夜が私のことを海月みたいだと言った。

六日目、また同じ真っ白な空間で、現実の雨夜と同じだと確信を持った。

考えてみればそうだった。私が行きたいと思う場所は、前日に雨夜に告げていた。

真っ白な空間の夢を見る時は、私がなにも言わなかった日だった。

「……あれ、でも、学校の音楽室に行く前日は、なにも言わなかったよね」

「那月が美寿々さんと音楽室で演奏するのが楽しかったって言ったから」

確かにそうかもしれない。前日の夢で、私は雨夜にそう話した気がする。

雨夜が見せてくれていたのだ、あの小雨の降るような繊細な『カノン』の演奏も、懐かしい夕焼け染まる音楽室も、息をするように泳ぐ美しいフォルムのシャチも。雨夜が私に、見せていてくれたのだ。

「ずっと前から、私のこと、私のピアノのこと……知ってくれてたんだ」

「気持ち悪いだろ、こんなの」

「ううん、そんなことない」

自嘲ぎみに笑いながら雨夜が私を見る。普通なら信じられないような話だ。けれど私は毎日夢の中で雨夜と会っていたんだ。どんな非現実だって、十分受け入れられる。それに雨夜は言ったのだ。私のピアノに救われた、と。

そんなうれしいことが、ほかにあるわけない。だって、私、雨夜のことが好きだから。昨日よりもずっと、雨夜に対する想いは増えていくばかり。

「……泣くなよ」

雨夜が私のほうを見ていた。そう言われて、初めて自分の頬に涙が伝っているのに気がついた。静かにあふれてくるそれは、自分の意志とは無関係にぽろぽろとこぼれ落ちてゆく。

雨夜がためらいがちに私に手を伸ばす。頬に触れた指先は私の涙を拭って離れてゆく。おかしい、雨夜が触れた部分だけ、熱を帯びたみたいに熱い。

雨夜の、お母さんへの罪の意識。この世界から消えようとしていたこと。それは決して軽く私が口出しできるようなものじゃない。

でも。屋上へ向かう雨夜の足を止めたのは、間違いなく、私のピアノだったのだ。

私が大好きでやっていたことが、めぐりめぐって誰かを救っていたんだ。

そして雨夜は、そんな私のことを、ずっと見ていてくれたんだ。

「どうして、学校休んだりしたの」

「……本当は那月にバレないように、夢の中だけで終わらせる予定だったんだ。気づかれたなら、もう那月の前には現れないつもりだった」

まさか会いに来るとは思わなかったから、と雨夜は続けた。

これは私の憶測《おくそく》でしかないけれど。雨夜はまた自分から消えようとしているのかもしれない。昨日の夢で私に『ありがとう』と言ったこと。今日学校を休んだこと。さっき玄関で私に偶然《ぐうぜん》遭遇していなければ、雨夜はあのまま、どこかへ消えてしまったのかもしれない。

「現れない、なんてそんなの無理でしょ。同じクラスなんだよ……」

「だから担任に、しばらく学校には行かないって言ったんだ」

「そのままひとりで、消えていくつもり？」

直球だったと思う。涙が出ているせいで声はかすれているけれど。雨夜はじっと私の目を見つめて、それからすぐにそらした。

「ああ、そうだ」

ガツン、と鈍器《どんき》で頭を殴《なぐ》られたようだった。

私の言葉を否定しない雨夜は、強い口調で「会うのも、これで最後」とつけ足す。

それがどういう意味なのか、今の私にならわかる。

雨夜が、消えようとしているってこと。

「どうして。……後悔しないようにって、お母さん、そう言ったんでしょう」

「ああそうだよ」

「それなら！」

「後悔もくそもねえよ。那月、お前が美寿々さんと、ピアノとちゃんと向き合って前に進めたこと、それだけでもう十分なんだ。思い残すことなんてもうない」

ぐっと唇を噛みしめる。

本当に？　本当に、思い残すことなんてないと思っているのだろうか。だって、雨夜はいつも会話をする時、目をじっと見つめる癖があるんだ。それなのに今、雨夜はずっと私から視線をそらしている。

雨夜がいなくなる。そんなの耐えられない。だって私は今、やっと雨夜を見つけたのに。

「まだ、だよ」

私の言葉に雨夜がピクリと反応した。けれど視線は向けてくれない。

「雨夜、さっき言った。私と話がしてみたかったって。関わってみたかったって」

「もう十分話したろ、俺は満足してるよ。那月は思ったとおりの人間だった」

「まだだよ。ねえ雨夜、私のピアノ、もう一回聴きたいって言ったよね」

雨夜が黙り込む。

「まだ六日だよ。今日が七日目。夢の中で、私と雨夜はまだ会える」

なにも言わない雨夜に私はまくし立てるように言葉を続けた。

「まだ一日ある。今日、私はもう一度夢の中で雨夜に会いたい。ひとりで勝手に消えるのは、それからにして」

「勝手なこと言うなよ」

「私が救った命でしょう。一回くらい言うこと聞いてよ！」

思わず立ち上がった私を見て、雨夜が目を丸くした。

「私、ちゃんと向き合うよ。自分にも、ピアノにも。……もう弾けないと思ってた。でもきっと、私が弾こうとしなかっただけなんだ。私、もう逃げないよ。だから雨夜も逃げないで。ちゃんと向き合ってよ、雨夜」

じっとこちらを見つめたままなにも言わない雨夜を見て、いてもたってもいられなくなった私はそのまま彼に背を向けた。今日の夜、眠りにつく前に。私はピアノを弾かなきゃならない。今日の前にいる、どうしようもなく放っておけないきみのために、私はピアノを弾きたい。

信じたい。逃げないで雨夜が現れてくれることを。


久しぶりに入った家にある小さな防音室は、少しだけホコリっぽくてむせた。ピアノカバーをそっとはずすと、きれいなつやのある黒いフォルムが顔を出す。ゆっくりとふたを開けると、規則正しく並んだ白と黒の鍵盤が私を待っていたかのように輝いて見えた。そこにそっと、指先で触れる。

――大好きな、ピアノの感触。

高校二年の夏、ピアノをやめると親に宣言してから。私は一度もこの家の狭い防音室に足を踏み入れなかったし、ピアノに触れることすらしなかった。だからきっと、お母さんもお父さんも、私が完全にピアノ離れをしたと思ったんだろう。

見るのもつらくて、『弾けなかった』だけなのに。

重い椅子を引いて座る。一度大きく深呼吸してから、私は再び指先を鍵盤にすべらせた。今度はきちんと両手の指先を広げて。そこに一度力をこめる。

ずっと弾けなかった。あの、最後の演奏会からずっと。ピアノをいざ目の前にすると指先が動かなくなって、頭が真っ白になってしまって。自分がピアノを弾く理由が、意味が、見つけ出せなかった。ずっと逃げてきた。

でも、雨夜が言ってくれた。私のピアノに救われたと。

それだけでもう、私がピアノを弾く理由なんて十分だ。

力をこめた指先は、ピアノの鍵盤を押した。ポロン、とひとつ不器用な音が鳴る。たった一音。けれどその一音が、涙が出るくらいにうれしい。

一度音を鳴らすと、それはもう止まることを知らないみたいに動きだした。

パッヘルベルの『カノン』。私と杏果が大好きな曲。雨夜のことを救ってくれた曲。

ゆったりとした優しい音から始まって、だんだんと音の数が増えてゆく。きれいな音階、流れるようで壮大な主旋律。久しく弾いていなかったから全然うまくは弾けない。けれどきちんと指と音を覚えている。杏果のバイオリンがここに重なって、信じられないほど壮大で美しいと感じられたことも。

楽しかった。純粋に、ピアノを弾くことが楽しくて、大好きだった。

「――那月？」

ほかのことがなにも考えられないくらい、ピアノに夢中になっていたその時。突然ガチャリと防音室の扉が開いた。聞こえてきたのはお母さんの困惑した声で、私はハッとしたように我に返る。

「お母さん……」

「どうしたの突然、なにをしてるの」

なにも言葉を発しない私に、お母さんは怪訝そうな顔をして「答えなさい」と尋ねる。小さい頃からずっとお世話になってきた、けして高くはない普通のアップライトピアノが私を見ている。普通の人からしたらただのピアノ。けれど私にとったらそうじゃない、大好きなピアノが。

なにしてるの、なんて見ればわかることだ。お母さんは私のほうをじっと見つめて言葉を待っている。嘘だと思いたいのだろう。野球をやり続けて失敗したお兄ちゃんと私を比べて。

けれどもう、逃げたくない。

「お母さん、私、ピアノ、もう一回やりたい」

気がついたら、まっすぐにお母さんの目を見つめてそう言っていた。本当に自然に、口からこぼれ落ちたのだ。

そう言った瞬間、お母さんが困ったように眉を下げて後ろを振り向く。気がつかなかったけれど、お母さんの後ろにはお父さんもいたらしい。今日は帰るのが早かったみたいだ。

お母さんもお父さんも、なにも言わずに私を見ていた。私はもう、止まれなかった。

「本当は、ピアノやめたくなかった。お兄ちゃんが受験に失敗して、お母さんたちが私に期待を寄せてくれたのも、将来のことを考えて勉強に専念しろって言ったことも、全部わかってる。でもね、私、なによりも、ピアノを弾くことが好きなの」

初めて言った。いつからか私がピアノを弾くことをうっとうしいような目で見つめる両親に、ピアノが好きだと言うことができなくなっていた。ピアノを続けたいと主張することができなくなっていた。期待を裏切るまいと、お兄ちゃんの二の舞にはならないようにと、必死で自分の気持ちを押し殺してきた。才能なんてきっとなくて、ほかの人より少しうまく弾けるくらいで、きっとこの先だってそれは変わらなくて。

……ピアノを続ける意味が、理由が見つけられなかった。

けれど、杏果が私のピアノを好きだと言ってくれた。雨夜が私のピアノに救われたと言ってくれた。

ピアノを、好きなことを続ける意味なんて、杏果や雨夜の言葉があるだけで十分じゃないか。

「N大には絶対受かる。勉強にだって手を抜かない。だから、ちゃんと大学生になってからでもいいから……もう一度ピアノ、やりたい」

まっすぐ目を見て、そう言えた。私の強い意思をのせた声は、きちんとお母さんとお父さんに届いただろうか。うまく言えないけれど、私の気持ちはわかってもらえるだろうか。

「母さん、父さん」

部屋の外から突然声がして、肩がびくりと跳ねた。声のしたほうを見ると、真剣な顔をしたお兄ちゃんがそこに立っていて。お父さんとお母さんも驚いたようにお兄ちゃんを見た。

家族全員でそろうのは、本当に久しぶりのことだ。

「俺が受験に失敗したのは野球のせいだって、思ってるみたいだけど」

お兄ちゃんは話しながらゆっくりと部屋に入りこちらへ歩いてきて、私の横へと並んだ。

「わざとだったんだ、本当は」

お母さんもお父さんも、目を丸くしてお兄ちゃんを見た。私だって。

「第一志望の解答用紙、真っ白で出した」

びっくりした。なにを言いだすかと思えば突然そんな話。今まで一度だって聞いたことがない。だってお兄ちゃんは、ずっと第一志望の大学に受かるために勉強と野球の両立をがんばっていたんじゃないの？

「なに言ってるの」

「冗談はやめなさい、宏之」

「冗談じゃないよ。ずっと考えてたんだ。本当にやりたいことなんてなにひとつないのに、俺はどうしてこの大学を目指してるんだろうって」

その言葉を聞いて、担任に言われた『合格するのがゴールじゃない』という言葉を思い出す。自分の本当にしたいこと。どうしてその大学を目指しているのかということ。今、私が一番にぶつかっている壁。お兄ちゃんも同じような時期に同じような葛藤を、ひとりで抱えていたのかもしれない。

それから、言いなりになるのがずっといやだった、とお兄ちゃんは言った。

「野球に人生かけてもいいと思ってた。でもそれで食っていけるわけじゃないことも ちゃんとわかってて。父さんと母さんが俺の将来を真剣に考えてくれてたことはわかってる。でも、当時の俺には縛られてるようにしか感じられなくて、正直しんどかった」

だから、わざと期待を裏切るようなことをした、と。

お母さんはわけがわからないといった様子でお父さんを見る。お兄ちゃんは私のほうを見て、「ごめんな」とつぶやいた。

「あと先考えずそんなことして、那月が同じように縛られてるのを見ながらずっと黙っててごめんな。俺のこともあって、今度は期待に応えなきゃいけないっていうプレッシャーもあっただろ。那月には本当に悪かったと思ってる」

「お兄ちゃん……」

「那月のピアノを弾く姿、俺も好きだったよ。音楽とか全然わかんないけど、ピアノがすごい好きなんだろうなって思ってた。俺が野球を好きだったみたいに」

なにを言ってもやっぱり兄妹だ。そういうところは似ているんだろう。

「こんな俺が言うのもなんだけど、那月には好きなようにやらせてやってほしい。那月がピアノが大好きなこと、父さんと母さんだってわかってるだろ」

お兄ちゃんがこんなことを思っているなんて、全然知らなかった。思わずあふれそうになるなにかをぐっとこらえる。私はきっと、お兄ちゃんと同じだったんだろう。プロになれるわけでも、それで食べていけるわけでもないことをきちんとわかっていて、それでもあきらめられないほどピアノが、お兄ちゃんは野球が、好きだったんだろう。

とても単純明快なのに、答えを出すのにこんなにも時間がかかってしまった。

私はピアノが好きだ。やめてからもずっと、勝手に動く右手を抑えられなかった。それくらい、ずっとピアノが弾きたかった。簡単なことだったのだ。

「私、N大に行くよ。勉強だって、誰にも負けないくらいがんばってきたんだもん。

でも、それと同じでピアノだって、やめたくない。……やめない」

どちらかひとつに絞る理由がどこにあったのだろう。杏果のように、本当は自分の意志で決めなくちゃならなかったのだ。答えはいつだって自分の指先にあったのに、気づかないフリをしていた。

気づかせてくれたのは、雨夜だった。

お父さんとお母さんは少し黙って、それから静かに口を開いた。

「受験が終わったら。……那月のピアノ、また聴かせてくれ」

なにか言いたげなお母さんを制したお父さんのそう言った声は少しだけ震えていた。

それが精いっぱいの許しの言葉だったんだろう、自分の親だからちゃんとわかる。

ねえ雨夜、私自分の道が今きちんと見えた気がするよ。それは、雨夜が私を夢の中に招待してくれたからだよ。雨夜は私のピアノに救われたって言ったけれど、私も雨夜に、救われたんだよ。

真っ先に伝えたいことがあるよ。雨夜はそれでもまだ、消えたいと言うのかな。

＊＊＊

指先に重みを感じた。久しぶりにピアノを弾き続けていたからだろう。腕も痛い。

けれどいやな痛みじゃない。

蒸し暑さとそれを拭い去るような心地のいい風を感じて目を開ける。オレンジ色に染まった、放課後の音楽室だった。そして私の視線の先に——雨夜が立っている。

「雨夜」

姿を見ただけなのに名前を呼ばずにはいられなかった。表情をいっさい変えない雨夜は、じっと私のほうを見つめている。

正直、今日雨夜の家を出てからずっと不安だった。『今日、私はもう一度夢の中で雨夜に会いたい』と言って雨夜をひとりにしてしまったけれど、本当に消えてしまったらどうしようかと。

けれど、今目の前に雨夜がいる。ということは、きちんと私の言葉を受け入れてくれたということだろう。だってここは私の夢の中じゃない。雨夜の夢の中なのだ。

「もう会えないかと思った」

「俺はもう会わないつもりだったけどな」

雨夜がため息をついて段になった床に座り込む。そして、「これが最後だ」とつけ加えた。

「最後って……消えるってこと?」

「ああ、そうだよ」

ためらいもなくそう言い放って、いつも以上に冷たいようなそぶりをして。……けれど夢の中で私に会ってくれた。雨夜のそういうところ、嫌いじゃない。むしろ好きだ。

「雨夜に初めて会った時、なんて前髪が長いんだろうって思った」

「なんだよそれ」

「それから、目の色がね、なんていうか、夜みたいなの、雨夜って」

「黒いってことだろ、単純に」

ううん、違う。雨夜の瞳は、黒、と表すよりも夜と表すほうがしっくりくる。こんなこと、きっと私にしかわからないだろうけれど。

「ねえ雨夜、私ね、今日雨夜の話を聞いて、すごくうれしかったんだ」

「……」

雨夜はなにも言わない。私は夕日に照らされたグランドピアノを軽く指でなでながら続ける。

「ずっと、ピアノを続けていい理由が、ピアノを続ける意味が、わからなかったの。正当な理由がないと、やっていちゃダメだって思ってた」

けれどそれはきっと違う。正当な理由なんて、誰に決めてもらうというのだろう。私がしたいことは、私が一番よくわかっているというのに。

「雨夜が、私のピアノに救われたって、私のピアノが好きだって、もう一回、聴きたいって、そう言ってくれたこと。すごく、うれしかった。その言葉だけでもう、ピアノを続ける意味なんて十分だって、そう思う」

雨夜はこちらを向かない。

もし雨夜の言うように、今日が最後なら。私は雨夜に私の演奏を聴いてほしい。ずっとピアノに触れていなかったから、前より信じられないほど劣《おと》っていると思うけれど。

「私の前から消えようとしていたわりに、雨夜って全然決心ついてない」

「は？」

そこでやっと睨むように私を見た雨夜のこと、思わず笑ってしまう。だって。

「ここは、雨夜の夢の中なんでしょう。雨夜の見たい景色なんでしょう。放課後の音楽室、雨夜がここを選んだんだよ」

目を見開いて、それからまた私から顔を背ける雨夜はそれ以上なにも言わない。図星なのだろう。彼は見かけによらずかわいいところがある。

ピアノの蓋を開け、鍵盤のカバーをそっとはずす。少し椅子を引くと、ギイッと音を立てた。懐かしい。一年前まで、一週間に一度はここでピアノを弾いていた。

「ね、聴いてほしいな。私、練習してきたんだ。もちろん、一年前とは比べ物にならないくらいへタクソだと思うけど」

雨夜はなにも言わなかった。それを肯定《こうてい》ととらえた私は、ゆっくりと、鍵盤に指を降ろした。

――パッヘルベルの『カノン』。

単純な和音から始まって、徐々に音が増えてゆく。まるで真っ白な紙にひとつひとつ絵の具を落として染めていくような音楽。誰でも一度は聞いたことがあるだろう。耳なじみのいい和音。流れるようにやわらかいのにどこか壮大で美しい旋律。一定のテンポを保ちながら音階を登っていくのが難しいけれどとても気持ちいい。結婚式でも葬式でも使われるような、聴く人によって様々な印象を与える曲だ。雨夜にはどう聞こえているだろう。私の『カノン』は、私以外の人にどう聞こえるのだろう。

悲しみを抱えながら、そこに幸福を含んだような、繊細なのに大胆な、矛盾したような曲だと私は思う。そして私はそんなふうに、美しさの中に憂《うれ》いをこめたような、そんな音楽をつくりたくて。それをわかってくれたのが、杳果だった。

朝露がきれいな緑の葉に一滴ずつ落ちてゆくように、大切に音を紡《つむ》ぎたい。それでいて、白い羽が宙を舞うような軽さで、鐘の鳴るような響きで、ピアノを奏でたい。忘れかけていた私のピアノに対する、この曲に対する想いが沸々とよみがえってくる。楽しくて楽しくて仕方がない。自分の想いを音にぶつけること、鍵盤を叩く感触、響きを操作する私の力加減、聞こえてくる自分のピアノの音。

私やっぱり、なによりもピアノを弾くことが好きだ。こうやって、自分の音楽を誰かに聞いてもらえること。それ以上の幸せなんてきっとない。

壮大で、優美で、あたたかいラスト一音を弾き終わると、余韻《よいん》のようにその和音がちょうどいい響きで音楽室を包んだ。この響き、ピアノから手を離す時の名残《なごり》惜《お》しい気持ち、高揚した自分、すべてがとても懐かしい。

ホッと胸をなでおろして、ふと雨夜のほうを見る。そこで私は思わず声が出てしまった。

「雨夜」

かすれたような声だったと思う。でも、喉もとから出るのはそんな息のようなものだけだったのだ。だって、雨夜が静かに、涙を流していたから。

「どうして、泣くの……」

胸が苦しくなってくる。今日雨夜の家に行った時と逆だ。声をあげず、ただ淡々と流れてくる涙を拭うこともせずに、雨夜はこちらを見ないで座り込んでいる。あふれだしてしまった、という表現が正しいのかもしれない。雨夜は次から次へとこぼれ落ちてゆく滴《しずく》を止めようとはしなかった。

「もう、十分だ」

途切れてしまいそうなほど、か細い声だった。

「これ以上もう、なにも望まない」

そう言った雨夜は下を向いて、「最後に那月のピアノが聴けて、よかった」とつぶやいた。私はその言葉にふるふると首をふる。だって、なにを言っているの。〝最後〟にしないために、今私はピアノを弾いたんじゃないか。

思わず立ち上がって雨夜のもとへ駆けていった私は、うずくまる彼をそっと優しく、抱きしめた。

初めて触れた雨夜は想像以上に細く、今にも崩《くず》れてしまいそうなほどもろかった。震えた背中に手を回してぎゅっと強く抱きしめる。

泣いている。私のピアノを聴いて、雨夜が涙を流している。

「どうして、最後って言うの。どうして、消えることにこだわるの……」

「俺は存在していい人間じゃない。だって俺が、母さんの人生を、奪ったんだ」

つっかえるように言葉を紡ぐ雨夜は、きっと自分のことを否定しないと生きてこれなかったんだろう。私がピアノを弾く意味を見出せなかったように、雨夜も生きる意味を見出せなかったのかもしれない。

私たちは、単純に見えることが時々とても難しく感じてしまうのかもしれない。

「……まだ、行きたい場所がある」

雨夜はなにも言わず、肩を震わせて下を向いていた。私はそんな雨夜に、そっと頬をすり寄せる。人の体温がこんなにもあたたかいこと、知らなかった。

「まだ夢は終わってない。ねぇ雨夜、お母さんと行った遊園地の景色を見せてよ。メリーゴーランド、まだ、覚えているんでしょう」

ぎゅっと強く、雨夜を抱きしめる。放っておけるわけがないのだ。こんなにも肩を震わせている雨夜のこと、私のピアノを好いてくれていた雨夜のこと。

私のピアノは一度雨夜を救ったのかもしれない。けれど今度は、私自身が雨夜を救いたい。雨夜が私を、救ってくれたように。

「お願い雨夜、連れていって」

そう言った、次の瞬間。目の前が一瞬光って目を閉じると、オルゴール調のゆっくりとした『カノン』が私の耳に届いた。

ゆっくり目を開けるとそこは──真夜中の遊園地だった。

「雨夜……」

ここは雨夜の夢の中だ。雨夜が願ってくれたからこそ、ここに来ることができたんだろう。

夜、もう閉店している時間のはずなのに遊園地の乗り物はどれもがチカチカと点滅《てんめつ》して光っている。まるで夜空の星のように。

ゆっくりと回転している観覧車、誰も乗っていないのに走り続けるジェットコースター、くるくると空を舞う空中ブランコ、かわいらしく動く動物の乗り物。

そして、目の前にある大きなメリーゴーランド。

私たち以外に人影はなかった。暗闇に装飾の光は主張を激しく放っている。誰も乗っていないのに馬やかぼちゃの馬車は上下に動きながら回転し、オルゴール調の『カノン』が流れ続けている。

いつの間にか私と雨夜は隣同士でベンチに座っていた。目を開けた時にはもうこの態勢だったのだ。横にいる雨夜のほうをチラリと見るけれど、どんな表情をしているのかはわからなかった。

ただ隣にいる。隣で、真夜中の遊園地を眺めている。ただそれだけだ。それだけなのに、どうしてこんなにも胸が熱いんだろう。なにかがこみ上げてきてしまいそうなんだろう。

「……ずっと回ってるな」

雨夜が突然口を開いた。その小さな声に、私は「うん」としか返すことができない。

「俺の人生もこんな感じだった」

ぽつりぽつりとこぼれていく雨夜の言葉を、ひとつも聞き逃さないように。回り続けるメリーゴーランドを見ながら、流れる曲を聴きながら、雨夜の声に耳を傾ける。

「誰も乗っていないメリーゴーランドがゆっくり回っていくみたいに、俺の人生も、大切な人を失っても、生きる意味が見出せなくなっても、当たり前のように日々は過ぎていった」

『こんな感じだった』と、わざわざ過去形にする雨夜。私も雨夜も、ゆっくりと回り続けるメリーゴーランドを見ていた。

「雨夜」

返事がない。それでももう一度、私は「雨夜」と名前を呼んだ。

「雨夜のお母さんは、雨夜のこと、憎んでなんていないと思う」

「……」

「だって、夢の中で雨夜のお母さん、雨夜に言ったんでしょう。『今度は後悔しないように』って。雨夜がお母さんとのことをたくさん後悔していること、ちゃんと、わかってるんだよ」

「たとえ憎んでいないとしても、俺の罪は消えない」

どう言えば、なにを言えば、彼に伝わるのかわからなかった。雨夜の中にある罪の意識、彼を縛る〝幸せになってはいけない〟という間違った認識。

雨夜はわかっていない。どうしてお母さんがわざわざ雨夜の夢の中に現れたのか、その意味をこれっぽちも理解しようとしていない。

ただ、逃げているだけじゃないか。

「なあ那月、俺は本当に、お前と関わっていい人間なんかじゃないんだ。こうやって夢の中で那月と関わることができて、もう一度那月のピアノを聴くことができて。……これ以上もう、なにも望むことはないよ。母さんが俺に後悔しないようにって言ったのは、悔いなくこの想いを終わらせて、自分のもとへ来いってことだと思う」

雨夜が、私を見た。つられて私も、雨夜を見た。

「——那月と出会えてよかった。那月のピアノが聴けてよかった」

ぐっと胸が、喉もとが苦しくなる。雨夜から目を離すことができなかった。

「ありがとう、最後にいい思い出をくれて」

馬鹿やろう！

まるで別れの挨拶《あいさつ》のように、もう会うことなんてないかのように、雨夜は瞳を赤くして私を見ていた。なんて自分勝手で、自己中心的で、馬鹿なのだろう。自己完結するにはまだ早すぎる。だって雨夜も私も、今からが始まりじゃないか。

終わりにするには、あまりにも早すぎる。

「雨夜」

突然立ち上がった私を雨夜が見上げる。私はその白い頬を目がけて手を振り上げた。

バチン、とひとつ大きな音がして雨夜が左頬を押さえながら目を見開く。

私はこみ上げてくるものをなんとか抑えながら、雨夜のことを見おろした。右の手のひらがじんじんと痛む。ピアニストにとって手のひらがどれだけ大事なのか、この男はわかっているだろうか。そこまでして彼を殴った理由を、きちんと理解してくれるだろうか。

雨夜、私はきみを救いたいと思う。けれどやっぱり、雨夜を救えるのは雨夜自身でしかないことも、ちゃんとわかってるんだ。

「そんなに自分を許せない？」

「那月……」

「お母さんが亡くなったのは雨夜のせいじゃないって、そんなことは誰にもわからないし言うつもりはないよ。だけど、雨夜は、自分を許さないことで逃げ道をつくってるだけ」

雨夜の夜の暗闇のような瞳が見開く。そこには私の影がぼんやりと映っていた。

「そんなに自分を許せないって言うのなら、一生許さなければいい。消えるなんてずるいことをしないで、つぐなえばいい。逃げないで一生、向き合っていけばいい。

──それが一番の罪のつぐない方なんじゃないの、雨夜」

逃げるんじゃない。許してもらうんじゃない。向き合うんだ、ちゃんと。

「逃げないで、ちゃんとこの世界で生きようよ。誰もいないメリーゴーランドのような人生なら、私が雨夜のメリーゴーランドに乗るよ。雨夜が消えたいと思うなら、何度だって私がピアノを弾くよ」

あふれてくる涙を、もう止めることなんてできなかった。鼻がツンとして喉が痛い。視界がにじんで目がうまく開かない。けれど、言わなくちゃいけない。雨夜に、伝えなくちゃいけない。

「それじゃダメなのかな。雨夜が、生きる理由にはならないかな」

雨夜が私を見ていた。私も雨夜のことをにじむ視界の中で見ていた。

言葉はなかった。ゆっくりと雨夜の右手が私の頬に伸ばされる。そのまま立ち上がった雨夜は、右手を私の頬にかすめたあと、優しく自分のほうへと引き寄せた。

雨夜が私を、抱きしめた。

「……ずっと、触れたらダメだと、思ってた」

弱々しい声だった。

私よりずっと背が高い雨夜の腕の中に、私はすっぽりと収まった。細いと思っていたけれど、やはり雨夜も男の子なのだ。さっき私が雨夜を抱きしめた時とはまったく違う安心感が私を包む。それはとてもあたたかくて、また涙が出てきてしまう。

私も雨夜の背中に手を回す。ぎゅっと抱きしめ返すと、雨夜はさらに強く私を抱きしめた。

「那月に、俺なんかが関わったらダメだって、そう思ってた」

雨夜。……雨夜。

雨夜の想いがひしひしと痛いほど伝わってくる。それに返すように、私の中の想いも大きくなってゆく。心臓の音が早くなっているのが、どうか雨夜に聞こえていませんように。

「でも、那月は、俺の予想をいつだってこえてくるんだな」

抱きしめ合う私たちの後ろで、真っ暗闇の中明るい光を放ちながらメリーゴーランドは回り続けている。淡々と流れる音楽をどこか遠くで聴きながら、雨夜とのこと、運命みたいなものなんじゃないかって、馬鹿らしいけれどそう思う。

そう思ってしまうほど、雨夜のことが、とてもいとおしい。

「雨夜が好きだから。……だから、こんなにも、必死になるんだよ」

涙声で、うまく言えたかどうかもわからない。ぎゅっと雨夜を抱きしめ返す。いつの間にか、こんなにも好きだった。いつも私を見てくれていた雨夜のこと、こんなにも胸が苦しくなるくらい、好きになっていた。

「なあ那月」

涙声のまま。雨夜が私の名前を呼んだ。

「うん？」

「明日、一番にピアノを聴かせてほしい」

夢の中じゃなくて、きちんと現実世界で。雨夜はそうつけ加えて、さらに強く私を抱きしめた。

〝明日〟。消えると言っていたはずの雨夜からでた〝明日〟の話。

「当たり前だよ」

私がそう言うと、耳もとで雨夜がふっと笑った気がした。それにつられて私もふっと笑ってしまう。泣きながら、抱きしめ合いながら、笑った。そしてふと、雨夜が私を抱きしめていた力をほどく。ゆっくりと離れる体に名残惜しさを感じながら、雨夜と面と向かって立った。

「もうすぐ、夜が明ける」

雨夜のお決まりの台詞だった。きっとここは雨夜の夢の中だから、目が覚める瞬間がわかるのだろう。私は雨夜の言葉に笑ってうなずく。

「那月」

自分から目を閉じようとした瞬間そう呼ばれたので驚いて彼を見ると、泣いたせいか、それとも私のせいか、頬を少しだけ赤くした雨夜が私の目を見て言った。

「また明日」

その言葉に再び泣きそうになりながら。

私は精いっぱいの笑顔をつくって言う。

「うん、また明日、雨夜」

雨夜が私の言葉に笑ったのを見て、ゆっくりと目を閉じる。意識が遠のくのを感じながら、雨夜と約束した明日を楽しみにしている私がいた。

日曜日

始まりのエピローグ

ハッと目を覚ました瞬間、見えたのはいつもどおり自分の部屋の天井だった。目だけをキョロキョロと動かして辺りを見回してみるけれど、やはりそこは変わらず自分の部屋だ。参考書の積まれた勉強机、淡いブルーが気に入って買ったカーテン、クマのぬいぐるみが飾られた本棚。

ゆっくりと体を起こすと、ぐっしょりと汗をかいていることがわかった。やけに頭が重い。頬を伝う涙をそっと右手で拭うと、チカチカと夢の中で見た光景がフラッシュバックする。真夜中の遊園地、誰もいないのに回り続けるメリーゴーランド、流れるオルゴール調の『カノン』。

きちんと覚えている。夢の中でのこと。夢の中での雨夜のこと。

いてもたってもいられなくなった私はベッドから立ち上がって朝の身支度をすばやくすませた。一刻も早く、雨夜に会いたかったんだ。

日曜日だけれど学校の門は開いていた。部活動をする生徒のためだろう。

雨夜がここに来るかどうかはわからないけれど、『また明日』と言った彼の言葉を信じてみたくて。

──『また明日』。その言葉が、こんなにもうれしい言葉だって、私知らなかった。

まだ残る夏の蒸し暑さを感じて窓を開けると、半袖のセーラー服が軽くなびく。灰色がかったブルーの空からは、まだ完全に朝を感じられない。けれど、だんだんと明るくなっていく朝の空は案外好きだ。澄んだ空気も気持ちがいい。

自分の席に座ってじっと待ってみたけれど、いくらたっても雨夜は現れない。ガランとした教室を眺めながら、斜め反対側の雨夜の席を見る。

いつもなら、もうとっくに登校している時間だ。

ドクリと心臓がいやな音を立てる。雨夜は夢の中で、『また明日』と、今日の約束をしてくれたけれど。本当に来るかどうかは、今日になってみないとわからないことだったんだ。

時計を気にしながら待っていると、窓の外では運動部が活動し始めた。

やっぱりどう考えてもおかしい。雨夜はいつも、私が来る時間よりも早く登校してきていたんだもの。

涼しくなってきたので窓を閉めようと自分の指先を見てハッとした。

雨夜は昨日、なんて言っていたっけ？　『また明日』の前に、『一番にピアノを聴かせてほしい』と言っていたんじゃなかったっけ？

ガタリと勢いよく席を立つ。思いあたる場所はひとつしかない。

全速力で階段を駆け上がって、久しぶりに訪れたその場所の扉を勢いよく開けた。

夢の中ではもう何度も訪れていたけれど、現実ではほとんど一年ぶりだ。

——音楽室。扉を開けた先に、雨夜がいた。

消えると言っていたくせに。もう十分だと、なにも望むことはないと、最後だと、そう言っていたくせに。

泣きたくなるくらい優しい笑顔を浮かべて、雨夜が私に「おはよう」とつぶやいた。

「おはよう、雨夜」

震えた声の私を、雨夜は笑った。昨日は泣きながら笑っていたくせに、なにかが吹っきれたように清々しい笑顔を私に向けていた。

「やっと、だな」

「やっと?」

「やっとこの場所で、現実で、堂々と那月と話せる」

そう言ったあと、一拍置いて「ずっと、この場所で那月がピアノを弾いているのを陰から見ていたから」と雨夜がつけ足す。話をするくらいいつだってよかったのに。

私はまた泣きそうになってしまう。そんな私を見て、雨夜が笑った。

「なんで笑うの」

「いや……かわいいなって思って」

「ええ、なにそれ、雨夜らしくない」

「俺らしいってなんだよ」

雨夜が笑みを浮かべながら、ゆっくりと私に近づいてくる。目の前で足を止めた雨夜が私に手を伸ばして、そして優しく、自分のほうへと引き寄せた。

雨夜の心臓の音が聞こえる。私と同じくらい速い速度で鳴っている雨夜の音。

「那月」

「……なに？」

「ずっと好きだった。初めてピアノを聴いた時から、たぶん、那月のことずっと、好きだった」

私を抱きしめる雨夜の腕の力が強くなる。細いくせに案外力があるし、いつもクールだって女子に騒がれているくせに、こんな言葉を使うなんて、雨夜はずるい。

うれしいのと、胸のどきどきと、いろんな想いが詰まって涙が出てくる。

雨夜。……雨夜。すごく好きだ。雨夜のこと。

「昨日私が好きって言ったら、スルーしたくせに」

「スルーはしてないだろ」

「なにも言わなかった」

「……夢の中じゃなくて、ちゃんと現実で言いたかったんだよ」

「なにそれ。……じゃあ、私が好きって言って、うれしかった？」

自分でもめんどくさいと思う。でも雨夜は、そんな私の質問に迷いなく「当たり前だろ」ってそう言った。

「ずっと見てきた子が、俺のこと好きって言ったんだ。……うれしいに決まってるだろ」

ずるい。雨夜は本当にずるい。

ぎゅっと雨夜に抱きつくと、さらにきつく抱きしめ返される。その幸せを感じて、私がふっと笑いをこぼすと、雨夜が「なんだよ」と私をゆっくりと離した。

至近距離で見つめられる。きれいな顔立ちをした雨夜の瞳がひどくまぶしい。どくどくと鳴る心臓の音、雨夜に聞こえているかもしれない。

「今日が、始まりかな」

「始まり？」

「私と雨夜の、始まりの日かな」

新しい一日目。そう言うと、雨夜が笑って私に手を差し伸べた。

「じゃあ手始めに、那月のピアノが聴きたい」

雨夜らしい答えだ。でも、すごくうれしい。雨夜が、私のピアノを聴きたいと言ってくれること。大好きな人のために、ピアノを弾くこと、もうあきらめたくない。

私は満面の笑みで「よろこんで」と、――初めて、現実の世界で雨夜の手を取った。

番外編 1

雨上がりのシャングリラ

雨の日はどうしてこうも気分が下がるのだろう。

「あーあ、晴太とふたりのお弁当なんてつまんないなあー」

不服そうに口を尖らせながら器用に左手でパンを頬張る杏果が俺のほうをじろりと睨む。どうやら杏果も機嫌はよろしくないらしい。こっちを睨んでいるけれど、どう考えたってこの状況は俺のせいじゃねえんだけどな。

杏果が退院して一か月。右手はまだうまく使えないものの、すでに推薦でS大に進学が決まっている杏果は毎日せっせとリハビリに励んでいる。

俺と那月は相変わらずで、受験生らしく勉強に励んでいる。まあ、サボり癖のある俺は好きな時に学校に来て、好きなことをして帰るという生活を続けているんだけど。那月は変わらず勉強漬けの毎日を送っている。そんな中、たったひとつ変わったことといえば……。

「ちぇ、雨夜に那月取られちゃうなんて思ってもみなかったよ」

そう、杏果と俺の視線の先には、楽しそうに会話をしながら一緒に弁当を食べる那月と雨夜の姿がある。窓の外、中庭のベンチ。もう肌寒い季節だっていうのに、教室だと目立つから、と週に一度ふたりで外に出て弁当を食べている。

「俺だってびっくりしてんだぞ、まさか那月がなー」

「ね、ほらもう、あんなにうれしそうな顔しちゃってさあ……」

じいっとふたりを見つめるけれど、こちらに気づく様子はない。それどころか那月はすごく楽しそうに話を進めているし、雨夜は心なしか頬を赤くして那月の話に耳を傾けている。

那月と雨夜が付き合いだしたのはちょうど一か月ほど前だ。ためらいがちに那月が俺と杏果に『好きな人ができた』と報告してきたので詳しく話を聞くと、その時にはすでに雨夜と想いが通じ合っていて、心底驚いたのを覚えている。

那月から『雨夜が出てくる夢を見る』とは聞いていたけれど、まさかふたりが本当に付き合ってしまうなんて夢にも思っていなかった。

「でも那月すごいよね。雨夜のファンなんて、ふたりが付き合い始めたことを知って騒然としてたよ。まさかあの雨夜が誰かを好きになるなんて……って」

杏果は冗談気味に話しているけれど、実際本当にすごいことだと思う。

雨夜のことは俺もすげえ親しいわけじゃないからよく知らないけど、その端正な顔立ちとほかの男子よりもどこか大人びた様子が女子からひそかに人気があることは知っている。俺が見た限り、雨夜って女子どころか男子にさえあまり心を開いていないみたいで、顔は笑っているけど、本当のところなにを考えているのかさっぱりわからない。まあ、女子にとってはそこがミステリアスでいいんだろうけれど。

そんな、男子はともかく女子とはいっさい口をきかない雨夜にいきなり彼女ができたのだ。しかも雨夜の奴、那月の前ではよく笑うしよく話す。今まで見たことのないようなうれしそうな表情で那月を見るのだ。そんなの、ずっと隠れて雨夜のファンだった女子たちが黙っているはずがない。俺だってビックリだ。

「雨夜ってクールな奴だと思ってたけどそうでもねえのなー」

「那月の前では全然態度違うんだもん、びっくりするよねえ」

「まあ、案外お似合いなんじゃねーの、あのふたり」

「へえー、晴太くん、案外平気なんだね？　那月が誰かに取られちゃっても」

机に頬杖をついてふたりを見ながら、おもしろそうに杏果が言う。俺も焼きそばパンを頬張りながら那月と雨夜のことを見つめるけれど、どうにもモヤモヤする。そんな俺の感情は杏果にバレバレだったらしい。超カッコわりいけど。

「……うるせーよ」

「素直じゃないなー。私が気づいてないとでも思ってた？」

「あーもう、やめろって。超カッコわりいじゃん、俺」

「カッコ悪いのはもとからでしょ」

「うるせえ」

ニマニマと口もとをゆるませる杏果の表情にイラ立ちを覚えながら、ガシガシと頭をかく。

雨夜の隣に座って、楽しそうに顔を綻ばせる那月のこと——受け入れようにも、どうにもならない気持ちってあるものだ。

思いおこせば高校三年の春。もともと誰か特定の人と仲よくなるようなタイプじゃない俺は、今年もいろんなグループを転々としようと思っていた。本来、浅く広くっていうのが俺のスタイルで、その時々で楽しめればそれでいいと思ってやってきていたから。

だけど——今、那月と杏果だけは、なぜだか俺の中の〝特別枠〟に君臨《くんりん》している。本当になぜだか自分でもわかんないけど。

それまでお昼の時間なんて、テキトーに毎回違う人のところで過ごしていたけど、高校三年になってからは毎回那月と杏果と過ごしている。そうなったきっかけは、本当に些細なことだった。クラス替え初日、購買戦争に負けて、クラスメイトに昼めしをねだっていた俺に、那月はためらいもなく自分が食べていたパンを半分にちぎって差し出したのだ。しかも俺が一番好きな焼きそばパン。腹が減って死にそうだったものだから、あの時は本気で女神が舞いおりてきたと思ったものだ。

その時その場で一緒に昼めしを食べてから、お昼の時間は毎回そこで過ごすようになった。今思えば、那月も杏果も俺の事情について深く追求しないところが、すごく居心地がよかったんだと思う。

『どうしてよく学校をサボるの？』とか『不真面目なのにどうして特進クラスにいるの？』とか、『授業を聞いてないのになんでテストの点は取れるの？』とか。聞きあきた質問を、杏果も那月も俺にいっさいしないのだ。

口ごもる俺の顔色をうかがうように、杏果が言う。

「晴太は言わなくていいの？　その気持ち、那月にさ」

「俺が言ってどうすんだよ。あんなにうれしそうなのに」

俺が那月に対して持っている気持ち。いつからなんて特定はできないけど、ずっと心の中にあった。

くだらないことに笑ってくれる笑顔とか、ふいに見せる真剣な顔とか、負けず嫌いで努力家なところとか。那月の見せるひとつひとつの表情が気になって仕方なかった。たぶん、ずっと好きだったんだと思う。

「後悔するよりいいじゃん。私は晴太と那月、お似合いだと思ってたけどなー」

「やめろよ、声がでかいって」

柄にもなくそう言うと、杏果が「顔赤いよ？」と茶化してくる。うるせえ。

那月から最初に雨夜の名前が出た時、自分でもびっくりするくらい不機嫌になったことを覚えている。だって、那月は自分から男子と関わろうとするタイプじゃない。むしろ恋愛とかとは無縁のタイプだと思っていたから。

だからきっと俺自身、自惚れていたんだろうと思う。那月が仲よくしている男子って、たぶん俺以外にいなかったから。

「あーあ、でもさ、こんなにもあっけなく誰かのものになっちゃうんだね」

机に頬杖をつきながら不服そうに杏果が言う。俺も杏果も、那月のことがたぶんすごく好きなんだ。

そのままじっと那月と雨夜を見つめていると、曇っていた空からポツリポツリと雨粒が降ってきた。俺らがそれに気づく前に、那月が手のひらを広げて空を見上げていた。そういえば那月は、雨が降る前に空を仰ぎながら『雨のにおいがする』とよく言うんだった。

いつもは俺の横でそれをしていたのに、雨夜の横で笑う那月の姿を見ていると胸が痛くなってくる。ふたりから視線をはずして、俺は焼きそばパンにかぶりついた。

六限目の授業が終わり、後ろの席から那月が俺の肩を叩いた。数学の問題集を開いて、わからない問題をシャーペンでぐるぐると囲っている。

「晴太、ここ教えて」

お昼に降りだした雨はそのままずっとやむ気配がなく、そのせいで窓際のこの席は少し肌寒い。曇った空の色と自分の気持ちは今すごくよく似ている。

「はあー？　なんで俺に聞くんだよ」

「なんでって、晴太ならわかると思って」

「せっかく今から帰ろうとしてたのに」

「まだ業後課外あるでしょ。ていうか、どうしたの晴太。なんか最近機嫌悪いよ」

きょとんとして首をかしげる那月は、不思議そうに俺の顔をのぞき込んでいる。俺も本当に子どもだなあと思う。

俺より雨夜のほうが断然頭がいいこと、この間那月から聞いたばかりで。……意地を張っているのかもしれない。

「……雨夜に聞けばいいだろ。彼氏なんだし」

「か、彼氏って……」

かあっという効果音でもついたかのように赤くなる那月の頬を見て、自分の中にモヤモヤと湧いてくる黒い感情。こんなこと、俺だって本当は思いたくない。那月が幸せならそれでいいって、本当にそう思ってる。だけど。

雨夜よりずっと、俺のほうが那月のことわかってやれるのに。

「那月」

「え？　なに？」

じっと那月の目を見つめてみる。顔色ひとつ変えずにきょとんとした顔で俺のほうを見つめ返してくるこいつにとって俺は、完全に〝トモダチ〟でしかないんだろうなあとしみじみ感じてしまう。昼休み、雨夜の横で楽しそうに話をしていた時の顔とは大違いだ。

「……雨夜のどこが好き？」

「えっ？」

びっくりしたのか目を丸くして、再び顔を赤くする那月。数学の問題集のことなんてもう頭にないみたいだ。少し考えるような表情をしたあと、「なんでいきなりそんなこと聞くの」と怪訝そうに俺の顔をのぞき込んでくる。

「いや、なんとなく気になって」

「なにそれ。晴太なんて自分の恋愛話いっさいしないくせに」

「俺はいいだろ、別に」

「えー、ちょっと気になるけどなあ。好きな人とかいないの？　晴太って案外モテるのに」

笑いながらそんなことを言ってのける那月のこと、すごく憎たらしい。誰のせいでずっと俺に彼女がいないと思ってるんだ。なにも知らないからって、俺にそんな笑顔を見せるなんて罪だよ。ずるいなあと思うよ。

――けど、嫌いになんて絶対なれない。

那月はなにも知らない。俺がずっと那月のこと見てたこと。高三の春出会う前に、本当は那月のこと、知っていたこと。

「……いるかもな」

那月の無防備な笑顔に促され、思わせぶりに言ってしまった。

「えっ⁉　本当に言ってる⁉」

「かも、な。かも」

「えっ、そんなの聞いたことないよ、晴太」

「言わねーよ。……那月には」

なんで、と口を尖らせる那月は気づいていない。まあ、俺だって忘れかけていたんだけど。

高校二年の夏前。ちょうど梅雨の時期だったと思う。あの日も雨が降っていた。

普段の出席率の悪さを担任にこっぴどく叱られて、帰る時間はいつもよりずいぶんと遅かった。部活をやっている生徒もいないくらいの時間だったと思う。

担任の長い説教が終わって、やっと帰れると思ったけど。雨が降っているのに傘を持っていなかった俺は、さてどうしようかと昇降口で空を見上げて立ちすくんでいた。

そんな時、誰もいないと思っていた下駄箱のほうからトントン、と靴を履いてつま先を地面に叩く音がして。振り向いた先にいたのが——那月だった。

『雨、降ってる』

目が合った瞬間そうつぶやいて、那月は俺の隣へとやって来た。かわいいというよりはきれいな顔立ち。細い手足と華奢な体。まっすぐ伸びたストレートの髪。どこにでもいそうで、けれどどこか物憂げな雰囲気をまとった那月のこと、俺は知らない女の子なのにじっと見つめてしまっていた。

『ああ……傘、持ってる？』

『持ってる、けど……』

那月がすっと顔を上げたのがわかった。俺もつられて再び空を見る。

どしゃ降りじゃない。小雨が静かに降っているだけ。雨の音は弱かった。

『たぶん、もうすぐ上がる気がする』

え、と思って横を見ると、なにかを願うように空を仰ぐ那月の姿があった。曇ったグレーの空を見るその横顔はひどくきれいで、それでいてどこか悲しげでもあった。

俺はそんな那月の横顔から目が離せなかった。

『雨がやむ時間がわかるの？』

『ううん、なんとなく』

にっこり笑った那月が俺のほうを向いた瞬間、心臓がドクリと音を立てた。那月はそんな俺に見向きもしないでカバンから折りたたみ傘を取り出して、『使いますか?』と差し出してきた。淡いブルーの傘。自分だって、傘がないと困るに決まっているのに。

『いや、俺はいいよ。それに、もうすぐやむんだろ?』

『でも……』

放っておけないとでも言うように俺を見つめる那月に、とっさに『友達がもうすぐ来るから』という言葉が口をついて出てしまう。

それは完全に嘘だったんだけど、そうでも言わないとこの女の子は俺に傘を貸してくれようとするんじゃないかと思ったのだ。それくらい、優しい子だと思った。だって、一本しかない傘を、見ず知らずの俺に差し出すくらいなのだから。

とっさに出た俺の嘘に那月は不思議そうに目を丸くして、それから『そっか、じゃあ、気をつけて』と笑った。

『ああ、そっちも』

俺の言葉に軽く会釈をすると、那月は小さな折りたたみ傘を開いて雨の中を歩いていった。淡いブルーの傘を差したその後ろ姿が遠ざかっていくのを見ながら、空を見上げる那月の姿を思い出していた。

名前も知らない女の子。でもなぜだかあの横顔がずっと頭から離れなかった。

その後、俺のサボり癖もあってか一度も那月の姿を見ることなく学校生活を送っていたのだけど、高校三年の春、焼きそばパンを差し出してきた那月の姿が傘を差し出す姿と重なって気づいたのだ。

あの時の女の子が、宮川那月だということを。


「晴太？」

「え？」

「もう、いきなりボーっとするのやめてよ」

「あーごめんごめん、なんの話してたっけ？」

「なんの話って……」

あきれるように肩をすくめる那月に、「ああ、俺の話は終わったから、今度は雨夜の好きなところの話だ」と言うと、「また？」と睨まれる。答えはまだもらっていないのに。

「いいだろ、教えてよ」

「どこがって言われてもなあ……そういうの、言葉にするのって難しくない？」

那月の返答が予想外で、俺は思わず目を見開いてしまった。

けど、言葉の意味を理解してふっと思わず笑みがこぼれてくる。それに対して「なんで笑うの」と那月が不機嫌になっているけど、こればかりはしょうがない。

――雨夜には全然かなわない。わかりきっていて、認めたくなかった事実。そんなの、もう笑うしかない。

恋なんて目には見えない感情に理由をつけるのは至極難しいことだ。俺がなんとなく、気がついたら那月を目で追うようになっていたみたいに、那月と雨夜も自然に恋に落ちたのかもしれない。

雨が降るのも夜がくるのも月が光るのも、人が恋に落ちるのも。……ごく当たり前で自然なこと。気づかないうちに、惹かれ合っていくものなんだろう。

言葉にできないことが、〝好き〟の証明なのかもしれない。だって俺も、どうして那月が好きなのか、那月のどこが好きなのか、そんなの聞かれたって明確には答えられない。

好きっていう気持ちに、理由なんてきっとない。

「でも」

那月がふと顔を上げた。斜め反対側、一番前に座る雨夜の後ろ姿を見る。

「……離したくないなあって、そう思うんだ、雨夜のこと」

まるで本当に大切なものを見るかのようなその表情に、ドキリと胸が鳴る。

離したくない、か。

まるで答えをもらったようで思わず笑みがこぼれてしまう。雨夜にはなれない。那月の特別には、なれない。どうにもならない事実に、俺はやっぱり笑うことしかできない。

あーあ。この表情が、俺に向けられたものだったら、なんて。こんなことなら、早く那月に自分の気持ちを伝えておけばよかった、って。

もうどうにもならないことを、俺はずっと後悔していくのかもしれない。だけど、好きな人のこんな表情を、絶対にこわしたらダメだと思うんだ。

「すごい好きじゃん、雨夜のこと」

「もう、やめてよ晴太、恥ずかしい」

顔を赤くして頬を両手で隠す那月のこと、すげぇかわいいって思う。これが雨夜のおかげだって思うと心底ムカつくけど、俺は那月の〝トモダチ〟っていう一番いいポジションで、これからも那月のこと見守りたい。

それがちゃんと俺の中で『友情』っていう感情になるまで、ずっと。

「その問題、俺もわかんねーから雨夜のとこ行ってこいよ」

「えっ、晴太でもわかんないって……」

「いいから、ほら」

もう、と口を尖らせながら立ち上がる那月にヒラヒラと手を振って、早く雨夜のとこに行ってこいとせかす。ためらいながらも俺に背を向けて歩いていく那月を見て思う。

好きになったこと、後悔する日がくるかもしれない。だけどそれでもいいって思えるほど、那月のこと、好きになれてよかった。

「晴太って案外紳士だねぇ」

ふと顔を上げると、いつの間にかやって来ていた杏果がどかっと那月の席に座る。

「なんだ、聞いてたのか」

「聞いてたというか、聞こえたというか」

「盗み聞きすんなよ、カッコわりい」

ガシガシと頭をかく俺を見て杏果が笑う。人がせっかく感傷に浸っているというのに、失礼な奴。

「まあさ、言わないのも正解だって私は思うよ」

ははっと笑いながら冗談みたく言う杏果だけど、全部わかって言ってくれているのを知っている。那月と杏果、このふたりに出会えてよかったって、俺は心の底から思ってるんだ。

「……サンキュ」

「はは、青春だねぇ晴太クン」

「うるせぇ」

杏果とふたりで教室の斜め反対側を見る。

そういえばあの日、那月が『もうすぐ上がる気がする』と言ったあの日。那月の背中が見えなくなってすぐ、本当に雨は上がったんだった。雨のあとの湿った空気は好きじゃない。けど、雨上がりの空はすごくきれいだったことを覚えている。

窓の外で降っている雨がいつか上がって虹が出るように、俺の湿ったこの感情もいつかは晴れて、高校時代を彩るいい思い出に変わる日がくるんだろう。那月のこと、友達として特別だって、そう思える日がきっとくるんだろう。

すげぇ好きだ。たぶん雨夜に負けないくらい、那月のこと好きだ。だけど言わない。好きだからこそ、言わない。

楽しそうに笑う那月と、それを優しい表情で見つめる雨夜が、どうかずっと幸せでありますように。

それが俺の、大切な人への想いの行方《ゆくえ》。

番外編

2

きみとメリーゴーランド

好きだって、言葉にするのはすごく難しい。

朝十時、待ち合わせは夢見ケ丘駅改札前。幸い雲ひとつない青空で、私の気分もぐっと上がってくる。

「那月」

名前を呼ばれて顔を上げると、ふわりと笑う雨夜の姿があった。

「ごめん、待った？」

「ううん、私も今着いたとこだよ」

お決まりのような台詞に雨夜も私も笑ってしまう。そういえば、夢の中でも雨夜がいつも『那月』と私を呼んで、私のこと、見つけてくれていたな。今となっては、あの不思議な体験がすごく懐かしいと感じる。

あの七日間を終えて、夢の中で雨夜と出会うことはいっさいなくなってしまった。けれど、こうして学校以外でも会う理由ができた関係になれた。

「それより雨夜、合格おめでとう！」

「いや、それはこっちの台詞。那月こそおめでとう」

雨夜のうれしそうな表情を見て私もうれしくなってくる。

学校では一緒にお弁当を食べたり、たまに一緒に帰ったりしていたけれど、こう

夢見ヶ丘駅

やって雨夜とふたりでどこかへ出かけるのは、受験が終わった今日が初めてだ。

雨夜は進学しないと言っていたけれど、伯父さんと伯母さん、それから担任とよく話し合って、奨学金を借りて大学に進学することに決めた。もともとの学力が高かったものだから、秋からの受験勉強でも十分間に合ったらしい。

私と同じN大。学部は違うけれど、四月からも雨夜と同じ学校に通えることになって、本当にうれしく思う。

「じゃあ行くか」

すっと雨夜が手を伸ばして、私の右手をつかむ。いきなりつながれた手にびっくりして、それから心臓がバクバク鳴りだした。思わず雨夜のほうを見ると、なんでもないような顔をして歩きだす。

「あ、雨夜」

「ん?」

ごく当たり前のように優しい顔で私をのぞき込む雨夜の表情は、夢の中で一番初めに出会った時とは大違いだ。

「ううん、なんでもない」

雨夜に手を引かれるようにして歩きだす。好きな人が手をつないで隣にいてくれること。それがこんなに幸せなことだって、私全然知らなかったな。

「すみません」

駅からそう遠くはない遊園地までの道を歩いている途中、突然後ろから声をかけられた。振り返ると、私たちと同じくらいの年齢のカップルが並んでこっちを見ている。

「あの、これ落としましたよ」

女の子のほうが淡いブルーのハンカチを私に差し出した。それは間違いなく私のものだ。定期券をカバンにしまう時に落としてしまったのかもしれない。

本当に私の物なのか不安そうに顔をのぞき込む女の子の背は低めで、色素の薄いミルクティー色の髪がかわいらしい。

「わっ、私のです！　ありがとうございます！」

そう言って女の子からハンカチを受け取ると、すごくかわいらしい顔をして笑ってくれた。

「じゃあ小倉《おぐら》さん、行こうか」

女の子の隣にいた大人っぽい彼がそう言うと、小倉さん、と呼ばれた女の子は頬を赤くして「うん！」とうなずく。なんてかわいらしいカップルなんだろう。それに、男の子のほうは一見クールそうに見えたのに、小倉さん、と呼ぶ瞬間は心なしか頬がゆるんで優しい顔になった。お互いのことをとても大切にしているのがよくわかる。

「じゃあ」と私たちに軽く会釈をして歩いていくふたりの後ろ姿を見ながら、雨夜に

「かわいいカップルだね」と笑って言うと、「だな」とめずらしく素直な答えが返ってくる。

私と雨夜もあんなふうに見えていたらなあ、なんて。

つながれた手を、ぎゅっとさらにきつく握り返した。

三月後半となると空気はもう春だ。

雨夜とふたりで出かける、いわゆる初デートっていうものなんだけれど、デートという言葉を使うのはちょっと恥ずかしくてためらってしまう。

場所を遊園地に決めたのは昨日の話。お互い志望大学の合格発表があって、合格が決まった瞬間雨夜に電話した。雨夜はうれしそうに『おめでとう』と言ってくれて、そのあと『俺も合格した』と教えてくれた。

『一番に報告したかった』と言ったら、雨夜は『俺も』ってそう言った。自分と同じ気持ちでいてくれたことがくすぐったくてうれしくて。電話越しに笑う私に、続けて『じゃあどこか行くか、ふたりで』という雨夜の言葉には本当にびっくりした。

だってあの雨夜が、ふたりでどこかに行こうなんて持ちかけてくると思わなかったんだ。『好き』と伝えたあの日、私たちは想いが通じ合ったけど、恋人らしいことはなにもしていない。たまに一緒に帰ったり、勉強を教えてもらったり、時々息抜きで雨夜が私のピアノを聴いてくれたり。どこかに出かけるだとか、そういうことは一度もなかった。受験生でお互い忙しかったのもあるし、雨夜ってもっと淡泊な人だと思っていた。

こうしてずっと手をつないでくれているのだって、すごく意外だ。

雨夜と付き合いだしたっていう認識は正直あんまりない。学校で一緒にいるところをクラスメイトや雨夜の隠れファンに見られて驚かれたけれど、私自身〝雨夜の特別〟である自覚は全然ないんだ。

「なに乗りたい？」

入場ゲートをくぐってすぐ、園内マップを手に取って広げた雨夜が私に尋ねる。広い園内にはいろんな乗り物があって、どれから乗るべきか迷ってしまう。遊園地なんてすごく久しぶりだ。

愉快な音楽に色とりどりのバルーン。キャストさんたちは笑顔で私たちを迎えてくれる。小さい頃、私もお母さんたちとよく来たなあと思い出す。このワクワク感はいくつになっても変わらないみたいだ。

「順番に回るか」

決めかねる私に雨夜が優しくそう言って、マップをたたんだ。

「うん！」

雨夜が手を引いて歩いてくれる。それがうれしくて元気よく返事をすると、雨夜がくすくすと笑った。全然笑わない人だったのに、私の前ではよく笑う。雨夜って意外とわかりやすい。

雨夜に怖いものってないらしい。

すごいスピードで走るジェットコースターに、恐怖の館と綴られたお化け屋敷、あり得ない高さから落ちてくる乗り物にだって臆することなく、逆にどれも楽しそうに乗車し続けている。

私はといえば、実は絶叫系アトラクションが全然乗れないタイプ。雨夜が『すっげえな』とうれしそうな顔をしてアトラクションの列に並んでいる間、いつも『死んだらどうしよう』と弱音を吐いている。雨夜はそんな私を見てくすくす笑うんだけれど、全然笑いごとじゃない。

「これ乗ったら次こそ絶対に死ぬ気がする、絶対ヤバイ」

「そう言ってさっきもその前も死ななかったろ」

「でも見てよ雨夜、すっごい高いよ？　あそこから落ちるんだよ？」

「スリルあるな」

「スリルあるとかそういう問題じゃない！　水にも濡れそうだし……」

そう言っている間にも、私たちの順番がきてしまう。見上げるほど高い位置から水面を目がけて落ちてくるジェットコースター。怖いに決まっている。

少し濡れた座席に隣同士で座る。発車する前が一番緊張する時だ。

「ヤバイ、もうすぐ始まっちゃう」

「怖がりすぎだって」

「だって、あんなところから落ちるんだよ？」

「それが楽しいんだろ。それに、隣に俺がいるんだから大丈夫だって」

そういえば、雨夜は私と付き合いだしてから、急に前髪を切って髪の毛を整えだした。さらにカッコよくなってしまった。そのおかげでさらに女子人気に拍車がかかってしまったのは問題だけれど、本当にカッコいいんだものしょうがない。

な？と雨夜が私の顔をのぞき込む。その仕草にドキリとしてしまう。

『どうして前髪切ったの？』という私の質問に『那月の顔がよく見えないから』と答えてくれたことは私だけの秘密だ。雨夜は私をどきどきさせる天才みたいだ。

そんなことを考えている間にジェットコースターは出発してしまった。勢いよく加速するスピードは止まらず、そのまま急に下へと落下する。頂点に達すると、勢いよく加速してすごいスピードでそのまま急降下する。私はその間ずっと目を閉じていて、バシャン、という水の音で完全にコースターが落下したことを確認した。

コースターをおりると、想像どおりかなり水に濡れてしまっていた。

「めっちゃ濡れたし怖かった……」

「でも死ななかったろ？」

雨夜は全然平気なようで、くすくすと笑っている。乗り物をおりてから私の手を引いて、近くにあったベンチに私を座らせるとカバンから大き目のタオルを取り出した。

「うわ、雨夜準備いい」

「準備いいっていうか、かなり濡れるってサイトに書いてあったから」

「えっ、サイトなんて見てたの？」

私が驚いて目を丸くすると、雨夜はしまったとでもいうように目をそらした。そして、私の頭にタオルをかけてわしゃわしゃと拭き始める。

「……せっかく那月と初めてふたりで遠出するんだから、少しでも楽しくいてほしいだろ」

目をそらして私の髪を拭きながらそう言う雨夜の頬が少しだけ赤くなっている。

なにそれ、雨夜がそんなことを思ってくれているなんて全然知らなかった。

「雨夜って、ツンデレなところあるよね」

「なんだそれ」

私の髪を拭き終わった雨夜が、「よし、次行くぞ」と私の手を取った。思わず頬がゆるんでしまうのは許してほしい。

雨夜に連れられて、絶叫系からゆるい系までいろんな乗り物に乗った。昨日急きょ決めた行き先だったけれど、遊園地を選んで本当によかったと思う。だって、雨夜がすごく楽しそうだから。

「あ！　雨夜雨夜、アイス食べようよ」

ピンクと水色のかわいらしいジェラートのワゴンを見つけて駆けだすと、雨夜が後ろからやれやれといった表情でついてくる。

看板を見ると、ジェラートの数は数十種類。私がそれを見てうーんと悩んでいると、雨夜が横から口を出してくる。

「那月はヨーグルト味が好きなんじゃねえの」

「あれ、よく覚えてたね。一回しか言ったことないのに」

「……当たり前。スイカ味はダメなんだろ」

「ははっ、さすが雨夜」

私の好きなものも嫌いなものも、覚えてくれていることがとてもうれしい。

「じゃあ雨夜は？　あ、待って言わないで、私があてる」

うーんと一度全部のフレーバーを見回してから、雨夜が選びそうな味を吟味してみる。抹茶のような気もするし、オレンジのような気もする。だけどここは定番でミルクを選ぶかもしれないし、案外かわいらしくストロベリーを選ぶかもしれない。

雨夜って難しい。全然予想がつかない。

「うーんと……ミルク、かな」

「お、正解」

雨夜が驚いたように笑う。私もだ。

「嘘、けっこうあてずっぽうだったのに」

「まあ定番が一番だろ」

あたったことがうれしいのに、雨夜がそれ以上にうれしそうにしているから私も笑顔になってしまう。

ふたりしてコーンの上にのった白いジェラート。ひと口ペロリとなめると、ひんやりとした冷たさとヨーグルトの甘さが口の中に広がって、すごくおいしい。

「ね、すごいおいしい」

「俺にもひと口」

私がうれしそうに雨夜を見た瞬間、雨夜はそう言って身をかがめて、私が手に持ったジェラートをひと口ペロリと食べた。そのまま右手の親指で唇を拭いながら「ん、うまい」と笑う。その行動にびっくりするのと同時にどきどきして、思わず頬が熱くなってしまう。

「那月も食べれば、ミルク」

はい、となんでもないみたいに雨夜が私にジェラートを差し出してくる。こういうところ、雨夜はさらっとやってのけてしまうから怖い。私は雨夜にどきどきさせられっぱなしなのに、雨夜はいつもなんでもないような顔をしているんだもの。

「なんか、ずるいなあ」

「ずるい？」

「だって、雨夜は全然普通なんだもん」

「はあ？」

「私は雨夜にどきどきしてばっかりなのに、なんかずるい」

一瞬目を丸くした雨夜が、ばっと私から目をそらす。意味がわからなくてじっと雨夜を見つめると、じろりと横目で私を見返してきた。

「……全然わかってねーよ、那月は」

なにそれ。

私がなにを言う暇もなく、また手を引いて雨夜が歩いていく。意味がわからない、雨夜の馬鹿。こうやって手を引いてくれることにだって、私はどきどきしているんだよ。わかってるのかな。

そろそろ閉演という時間まで、私たちははしゃいでいろんな乗り物に乗った。絶叫系アトラクションが苦手な私を気遣って、笑いながらもゆるい乗り物を選んでくれたり、私の歩幅に合わせて歩いてくれたり、足が痛くないかと何度も確認してくれたり。雨夜は意外とすごく優しい。一日一緒にいても雨夜となら全然あきない。むしろ、もっともっと雨夜のこと知りたいと思ってしまうくらい。

だんだん沈んでいく太陽と、少なくなっていく園内の人だかり。オレンジ色の空を見上げながら、雨夜が「そろそろ閉演か」とつぶやく。その言葉がすごく寂しく感じてしまうのは、今日一日がすごく楽しかったからなんだろう。私はそれに対して、「観覧車乗りたいなあ」とつぶやく。

ベタかもしれないけれど、やっぱり好きな人と最後に乗るのは観覧車がいい。夕日が沈むのを眺めながら、雨夜は笑って「いいよ」と私の手を引いてくれた。

観覧車の中から眺める景色はとてもきれいだ。

夕方の遊園地はだんだんと明かりを灯し始めている。オレンジの夕日の中にチカチカと光る装飾が重なって、まるで夜になるのを知らせてくれているみたいだ。

「……楽しかったなあ、今日」

終わってしまうのが寂しくて、ポツリとそうつぶやく。ガラス張りの観覧車の中は夕日の色に染まっている。雨夜は私と同じように園内を見渡しながらうなずいた。

「楽しいことって、すぐ終わっちゃうな」

「時間がたつのが早いって？」

「うん、今日一日、すごく早かった」

向かい合わせで座る私と雨夜の間には少しだけ距離がある。雨夜は園内を見ていた視線をゆっくりとこちらに向けて、「そういうとこ」とつぶやいた。

「そういうとこ？」

「那月は俺のことずるいって言ったけど、俺は那月のそういうとこ、ずるいと思ってる」

「なにそれ、ずるいって」

「……たまに、やけに素直なとこ。これ以上好きになると困るから、やめて」

はあ、とため息をついたあと、雨夜がじっと私を見た。

これ以上好きになるから、ってなんだそれ、やっぱり雨夜のほうがずっとずっとずるい。

あまりにもサラッと言われたものだから、なにも反応できなくて困ってしまう。だんだん熱くなってくる頬を見て雨夜がふっと笑った。ずるい、雨夜はそういうところがずるい。

「雨夜がそういうこと言うの、なんか意外だな」

恥ずかしさをごまかすように口を尖らせてそう言うと、雨夜が「意外か？」と首をかしげる。

「だって、当たり前みたいにサラッというの、ずるいよ」

「俺が那月のこと好きなのなんて当たり前のことだろ」

「あ、当たり前って……」

「言ったろ。那月は俺を救ってくれたんだよ。ずっと見てたんだ。那月がこうやって目の前にいてくれることでさえ、俺にとったら奇跡みたいなもん。大事にするのも俺が那月のことを好きなのも、当たり前で大前提の話」

恥ずかしげもなくそう言い放って、わかった？　とでも言うように私の顔をのぞき込んでくる。

「奇跡じゃなくて……運命、かもしれないよ」

自分で言っておいて恥ずかしくなって、思わず下を向いてしまう。

でも、本当にそう思うんだ。雨夜はいつも私のことを特別だって、一緒にいれることが奇跡みたいなことだって、そう言う。だけど私だって、それに負けないくらい雨夜のこと、好きなんだ。

夢の中で出会って、現実の世界で結ばれた。

それって、運命って呼んでもいいんじゃないかな。私は、そう思うんだ。

「運命、か。そうかもな。……那月の運命の相手が俺だったら、それ以上うれしいこと、たぶんどこを探したって見つかんねーな」

そっと顔を上げると、どこか遠くを見るように雨夜が再び観覧車の外の景色に視線を向けていた。雨夜は時々、こうやって少し寂しそうな顔をする。

「ねえ雨夜」

「ん？」

「私、雨夜のこと、すごい好きだよ。ずっと雨夜のためにピアノ弾いていたいくらい」

自分ばっかり好きだって、きっと雨夜は思ってると思うけれど。

私はたぶん、雨夜が想像しているよりずっと雨夜のことが好きだ。私の語彙《ごい》力じゃ到底表せないくらい、雨夜のこと、好きだ。

「たぶんずっと、この先も、好きなんだろうなって思う。雨夜のこと」

雨夜の視線の先に、ゆっくりと回りだすメリーゴーランドが見えた。何度も目の前を通ったけれど、なんとなくふたりとも「乗ろう」と言いだせなかったもの。通りかかるたびに、あの日夢で雨夜と聴いたオルゴール調の「カノン」が聴こえてきて胸が高鳴った。きっとそれは雨夜も一緒だったと思う。

「……あの日、那月が言ってくれた言葉、今でもずっと覚えてる」

「あの日？」

「最後の夢の中で、『誰もいないメリーゴーランドのような人生なら、私が雨夜のメリーゴーランドに乗るよ』『消えたいと思うなら、何度だってピアノを弾くよ』って、そう言ってたよな」

雨夜がゆっくりとこちらを向く。目が合った瞬間、吸い込まれてしまいそうなほどきれいで夜の暗闇のような雨夜の瞳が、まっすぐに私をとらえた。

「俺も、ずっと那月のこと離さないよ。……離したくない。だから一生、那月のピアノ聴かせて」

涙が出てきてしまいそうだ。

あの日消えようとしていた雨夜のこと、あきらめずに追いかけて本当によかった。雨夜のためにピアノを弾いてよかった。強く抱きしめて、『消えないで』と伝えてよかった。

だって、こんなに愛しい人に、私は何度でも「好きだ」って言うことができるんだ。それって、当たり前のようで全然当たり前じゃない。奇跡と奇跡が重なって、それが運命になるみたいに。

「もう、ずるい、雨夜」

「なんで涙声になってんの」

「誰のせいだと思ってるの」

ははっ、と雨夜が笑う。私もつられて笑う。これがずっと、ずっと続いたらいい。私が雨夜のことわかりたいって、離したくないって思っているのと同じで、雨夜も私のこと、そう思ってくれていたらいい。

そうやってずっと、一緒にいれたらいい。私はずっと、雨夜のためにピアノを弾けたらいい。

「ねえ雨夜、やっぱり最後に、メリーゴーランド乗りたいな」

「小さい子たちしかいなかったけどな」

「いいの、私が乗りたいの」

そう言うと、雨夜がまた笑う。私もそれを見て自然に笑顔が浮かんでくる。大好きな人が笑ってくれるだけで、こんなにもうれしくなること。雨夜がいなかったら気づけなかった。

ゆっくりと回る観覧車の中から、チカチカと光を放ちながら馬を上下にして回り続けるメリーゴーランドが見える。それはあの日の景色と重なって、ほかのどの乗り物よりも光って見えた。

観覧車をおりたら、今度は私が雨夜の手を引こう。そして駆けだすんだ。

なによりも光り輝く、あのメリーゴーランドに向って。

Fin.

あとがき

お久しぶりですの方も、はじめましての方もこんにちは。野々原苺です。数ある本の中から、「真夜中メリーゴーランド」を手に取ってくださり本当にありがとうございます。

いつもはサイトでお話を書いているのですが、今回は書き下ろしということで、発売まで読者の皆さんの反応が伺えずとても緊張しております……。

さて、今回このお話を書くにあたって私が一番大切にしたのが主人公たちの『成長』です。ピアノを諦めている那月と、生きることを諦めていた雨夜がお互いに救われるお話が書けたらいいなあと思っていたのですがどうでしょうか。執筆中、ふたりのことが全然わからずかなり悩んだことを覚えています。ただ、ふたりの悩みは自分が生きてきた中でも感じたことのあるものだったので、その時の気持ちをぶつけた部分が多いかと思います。

誰しもが特別な才能を持っているわけではないです。私自身、自分はなんて平凡で何もできない人間なんだろうと考えてしまうことが多々あります。部活で必死にサックスを吹いていた時も、一生懸命勉強していた時も、どれだけ努力をしても勝てない相手というのは必ずいました。そんな時思ってしまうのが、「こんなこと続けていて何になるんだろう？」という思いです。

けれど今、こうやって文章を書くという自分が最も好きなことを認めてもらえる環境にいて思うことがあります。それは、諦めることは誰にでもできるということです。続ける、というのは簡単なようですごく難しい事なのかもしれません。諦めずに自分の好きなことに向き合うこと、それを続けていくこと、きっとそれが一番大事なんじゃないかと思います。

ここではこんな偉そうなことを言っていますが、現実に戻れば私は普通の学生です。特別何かができるわけでもなく、頭がいいわけでもなく、胸を張って「私と言えばこれだ！」と言えるものもない。ごく普通の、平凡な人間です。けれど、野いちごのサイトに『野々原 苺』という名前で登録してからもう七年も経ちます。もちろん小説を書いていない時期やもう書けない！　と投げだしてしまう時期もありましたが、その度に「やっぱり自分は文章を書くことが好きだ」とここに戻ってきてしまうのです。こうやって書籍を出させていただけるのも、この七年の間、何度投げ出しそうになっても文章を書いてきた結果なのかもしれません。そう考えれば、きっと自分が好きなことを続けていくのに理由なんて「好きだから」のひとことで十分なんだと思います。

最後になりますが、書き下ろしに楽曲コラボという私にはもったいないくらいの素敵な機会をくださったスターツ出版の皆さま、一から一緒にこの物語を作ってくださった担当編集の飯野さま、息を呑むほど綺麗なイラストを描いてくださった花芽宮るる先生、何度も口ずさみたくなってしまう素敵な楽曲を作ってくださったシュウと透明な街さま、そしてこの本を開いてくださった読者の皆さま、すべての方に感謝申し上げます。

本当にありがとうございました。この物語が少しでも悩める人の力になれたら、そんなに嬉しいことは他にありません。雨夜と那月のふたりが、みなさんの頭の片隅に少しでも残りますよう。

二〇十八年七月二十五日　野々原 苺

この物語はフィクションです。実在の人物、団体等とは一切関係がありません。

野々原苺先生への
ファンレター宛先

〒104-0031　東京都中央区京橋1-3-1　八重洲口大栄ビル7F
スターツ出版（株）　書籍編集部気付　野々原苺先生

真夜中メリーゴーランド

2018年7月25日　初版第1刷発行

著　者　野々原 苺　©Ichigo Nonohara 2018

発行人　松島滋

イラスト　花芽宮るる

デザイン　齋藤知恵子

DTP　朝日メディアインターナショナル株式会社

編　集　飯野理美
佐々木かづ

発行所　スターツ出版株式会社
〒104-0031
東京都中央区京橋1-3-1 八重洲口大栄ビル7F
TEL 販売部03-6202-0386（ご注文等に関するお問い合わせ）
http://starts-pub.jp/

印刷所　共同印刷株式会社
Printed in Japan

ISBN 978-4-8137-0498-0　C0193

恋するキミのそばに。

♥ 野いちご文庫 ♥

可愛いカラーマンガつき！

365日、君をずっと想うから。

SELEN《セレン》・著

本体：590円＋税

彼が未来から来た切ない理由って…？
蓮の秘密と一途な想いに、泣きキュンが止まらない！

イラスト：雨宮うり

ISBN：978-4-8137-0229-0

高２の花は見知らぬチャラいイケメン・蓮に弱みを握られ、言いなりになることを約束されられてしまう。さらに、「俺、未来から来たんだよ」と信じられないことを告げられて!? 意地悪だけど優しい蓮に惹かれていく花。しかし、蓮の命令には悲しい秘密があった――。蓮がタイムリープした理由とは？ ラストは号泣のうるきゅんラブ!!

感動の声が、たくさん届いています！

こんなに泣いた小説は初めてでした…
たくさんの小説を読んできましたが
1番心から感動しました
／三日月恵さん

こちらの作品一日で
読破してしまいました（笑）
ラストは号泣しながら読んでました。°(´つω・`。)°
切ない……
／田山麻雪深さん

１回読んだら
止まらなくなって
こんな時間に!!
もう涙と鼻水が止まらなく
息ができない(涙)
／サーチャンさん

恋するキミのそばに。

野いちご文庫

感動のラストに
大号泣

本当は、何もかも話してしまいたい。
でも、きみを失うのが怖い——。

おはよう、きみが好きです。

The message I want to tell you first when I wake up

涙鳴《るいな》・著

本体：610円＋税

イラスト：埜生

ISBN：978-4-8137-0324-2

高校生の泪は、“過眠症”のため、保健室登校をしている。1日のほとんどを寝て過ごしてしまうこともあり、友達を作ることができずにいた。しかし、ひょんなことからチャラ男で人気者の八雲と友達になる。最初は警戒していた泪だったが、八雲の優しさに触れ、惹かれていく。だけど、過去、病気のせいで傷ついた経験から、八雲に自分の秘密を打ち明けることができなくて……。ラスト、恋の奇跡に涙が溢れる——。

感動の声が、たくさん届いています！

何度も何度も
泣きそうになって、
すごく面白かったです！
（♡Haruka♡さん）

八雲の一途さに
キュンキュン来ました!!
私もこんなに
愛されたい…
（捺聖さん）

タイトルの
意味を知って、
涙が出てきました。
（Ceol_Luceさん）